U0897393

中宣部、国家新闻出版广电总局百种经典抗战图书

上海文化发展基金资助

Jewish Refugees and Shanghai

犹太难民与上海

第2辑

情牵虹口

冯金生等　编著

内容提要

3万犹太难民逃亡上海不久，日本侵华当局将犹太难民赶至虹口的“无国籍难民隔离区”。1万6千犹太难民与近10万上海市民相濡以沫，共度时艰，乃至同仇敌忾，合力抗倭。留下了许多时而艰难、时而温馨、时而勇敢的故事。

70多年来，这段往事成为当年的犹太难民和虹口的老居民共同的乡愁。这情结挥之不去，传至后人，又演绎出无数新的犹太难民与上海的故事。

女大使为父亲寻找旧居，儿子为长辈追踪往事……情牵虹口。

图书在版编目（CIP）数据

情牵虹口 / 冯金生等编著. —上海：上海交通大学出版社，2015
（犹太难民与上海）
ISBN 978-7-313-13674-9

Ⅰ.①情… Ⅱ.①冯… Ⅲ.①散文集—中国—当代②犹太人—难民—史料—虹口 Ⅳ.①I267②K18

中国版本图书馆CIP数据核字（2015）第196771号

情牵虹口

编　　著：冯金生 等
出版发行：上海交通大学出版社
邮政编码：200030
出 版 人：韩建民
印　　制：上海锦佳印刷有限公司
开　　本：710 mm × 1000 mm　1/16
字　　数：162千字
版　　次：2015年8月第1版
书　　号：ISBN 978-7-313-13674-9/I
定　　价：48.00元

地　　址：上海市番禺路951号
电　　话：021-64071208
经　　销：全国新华书店
印　　张：15.5
印　　次：2015年9月第2次印刷

引　言

当大批犹太难民亡命上海、饱受颠沛流离艰辛之日，上海也正处在日寇入侵、人民生活水深火热煎熬之时。70多年前上海人和犹太难民相濡以沫，共度时艰，留下了许多动人的故事。

1939年，傅莱逃亡上海，几经周折参加了八路军，并成功研制出粗制青霉素菌；在上海的犹太难民中也出现过白求恩式的人物；你给我白面包、我送你六谷饼的故事不胜枚举；中犹情侣相爱终生时有所见……

70多年来，这方土地一直是犹太难民和上海人魂牵梦绕的情结。女大使寻根、大画家找阿妈、犹太女孩找到上海爷叔；上海人三代护书、昔日邻居回忆外国弄堂……

一代代人心念上海、情牵虹口，演绎出犹太难民和上海的许许多多新故事。

Foreword

When a number of Jewish refugees fled to Shanghai, homeless and struggling to survive, the Shanghai people were also in an abyss of pain inflicted by the Japanese invasion. Many touching stories happened during that period when the people from the two countries helped each other to tide over the hard time more than 70 years ago.

In 1939, Richard Frey fled to Shanghai, joined the Eighth Route Army and successfully synthesized penicillin; the Jewish refugees in Shanghai also included great men just like Dr. Bethune; the stories like exchanging challah with six-crop cakes were numerous; and the cases of Sino-Jewish couple in love were not rare...

For over 7 decades, this land has always conveyed the complex of Jewish refugees and Shanghai people: there was an ambassadress seeking for her root; a great painter looking for his "aunty"; a Jewish girl who found her Shanghai uncle; three generations of Shanghai people preserving books, old neighbors recalling the foreign lane...

For generations and generations, people missed the land of Shanghai and cherished their connection with Hongkou where many new stories between the Jewish refugees and Shanghai took place.

情牵虹口

目 录

Contents

“自由战士”傅莱
深深眷恋中国

Soldier of Freedom — Frey’s Deep Connection with China

犹太难民傅莱，1939年逃亡上海，几经曲折，终于参加了八路军，并研制成功粗制青霉素菌。从此，他投身于轰轰烈烈的抗日洪流，与这片土地上的中国人民建立了深厚的感情。聂荣臻司令员还根据德语“自由”一词的谐音为他取了一个中国名字——傅莱。

Richard Frey was a Jewish refugee who fled to Shanghai in 1939. It had taken numerous setbacks before he joined the Eighth Route Army and successfully synthesized penicillin. It was the beginning of his dedication to the great anti-Japanese cause and his strong attachment to the Chinese people on this land. He gained his Chinese name, Fu Lai — derived from the word “freedom” in German, from Commander Nie Rongzhen.

在20世纪三四十年代的欧洲来沪犹太难民中，有一位参加了八路军部队，担任医疗救护工作，并研制成功粗制青霉素菌。他的名字叫傅莱，原名是理查德·斯坦，1920年2月生于奥地利维也纳一个殷实、温馨的犹太中产阶级家庭。父亲是维也纳的地方财务官，母亲是一名高级女装裁缝。1934年初，也就是傅莱14岁那年，奥地利因第一次世界大战后的经济萧条而爆发了国内战争。争取民主自由的社会民主党人和劳工阶级罢工游行走上了街头，后来发展到与政府军队展开殊死搏斗的巷战。傅莱作为坚守在"卡尔·马克思大院"的革命军中几个红小鬼之一，拼命地帮助搬运弹药和包扎负伤的战士。虽然最后政府军无情地镇压了革命军，但傅莱却更加坚定了维护无产阶级利益，追求和平和公正的信念。内战结束后，他于1937年秘密加入了奥地利共产党，参加了共产党组织的战地医疗培训，学会了使用X光、临床化验和防疫急救。后来，他除了在文理学校上学外，还一直坚持参加一些专科医院培训，并到离家不远的维也纳大学旁听相关课程。在家人和朋友的帮助下，傅莱成为了维也纳赫尔兹克勒斯特放射专科院和维也纳大学皇家附属医院的实习生。

1939年2月，傅莱初到上海时留影

1938年3月13日，纳粹德国吞并了奥地利。12月，奥地利共产党地下组织紧急通知他，他已被列入

1939年，傅莱和父亲在上海

了盖世太保的黑名单，随时可能遭到逮捕，必须立即离开维也纳。为此，傅莱不得不告别热恋中的女友，放弃自己喜欢的医务工作，乘火车经瑞士逃到意大利的海港城市热那亚。1939年1月，他搭乘远洋客轮，前往中国上海。他知道有一支中共领导的八路军正在抗日前线浴血奋战，因此非常渴望能参加。在船上，他就打听怎样能找到八路军。当得知在香港的宋庆龄可以提供帮助后，船靠香港码头，他就急于上岸去找，但终因人生地不熟，没有找到。

经过近一个多月的海上漂泊，傅莱终于来到上海。当时，他身上只剩下5个马克。因一时难以找到中共地下党组织，只好先住在虹口一个慈善团体开办的接待站，一面在一所临时传染病医院工作，一面继续打听投奔八路军的线索。同年3月，他经人介绍，北上来到天津奥地利医生开设的德美医院任X光及化验技师，后又转入天津马大夫医院工作，并前往邢台、北平等地寻找中共地下党组织。经过不懈的寻找，他终于和中共地下党取得了联系。1941年秋天，他当时在天津马大夫医院工作，突然接到北平中共地下党的通知，要他从天津赶到北平。他先到了北海公园，同联络员接头后一起前往颐和园和地下交通员接头。随后，他们骑自行车出发，取道妙峰山，经过长途跋涉，终于到达了向往已久的八路军晋察冀抗日根据地。从此，他投身于轰轰烈烈的抗日洪流，与这片土地上的中国人民建立了深厚的感情，并对这片辽阔的土地生发了深深的眷恋之情，这也是他日后选择定居中国的重要原因。

1939年傅莱（左一）和德美医院院长伯瑞尔夫妇在一起

一到晋察冀抗日根据地，聂荣臻司令就接见了他，并考虑到他有医疗方面的特长，请他担任白求恩卫生学校传染病学教员，与柯棣华大夫一起任教。由于傅莱不太会讲中国话，因此上课时非常困难，必须在上课之前先用德文写好讲稿，然后在其他教员的帮助下借助字典将讲稿翻译成汉语，并在汉语旁注上读音，反复练习发音。虽然讲课的时候他仍然经常念错字，大家也捧腹大笑，但是学

1942年2月，傅莱刚到晋察冀边区时的照片（左起：布朗基、唐儒、罗元发、傅莱、杨成武、林迈可、李效黎）

傅莱在晋察冀军区白求恩学校和附属医院从事教学和医务工作。这是1942年8月殷希彭、柯棣华、傅莱、江一真（左起）在白求恩学校

生们喜欢听他讲课，觉得这样的课生动、有趣，通俗易懂。当时，为了给傅莱这个远道而来的国际友人创造一个良好的学习、工作环境，学校专门特批给他使用有两个油捻的油灯，这在艰苦的反扫荡时期成为一项“特殊待遇”。当然，除此之外，他和大家一样一面背粮食、打游击，一面执行战地救护任务。他吃的粮食是黑豆，喝的是稀粥，并不享受特殊的优待。

1943年，晋察冀边区流行麻疹、疟疾等传染病。由于日本人的层层封锁，药品奇缺，很多病人得不到医治。他当时担任边区医药指导委员会的成员，为了尽快找到治病救人的方法，便采用中国传统的针灸疗法，有效地阻止了病疫的肆虐，在作战部队组织实验并推广这一疗法，收到了很好的效果。为此，毛主席、朱总司令特别给他颁发了边区政府的奖状。

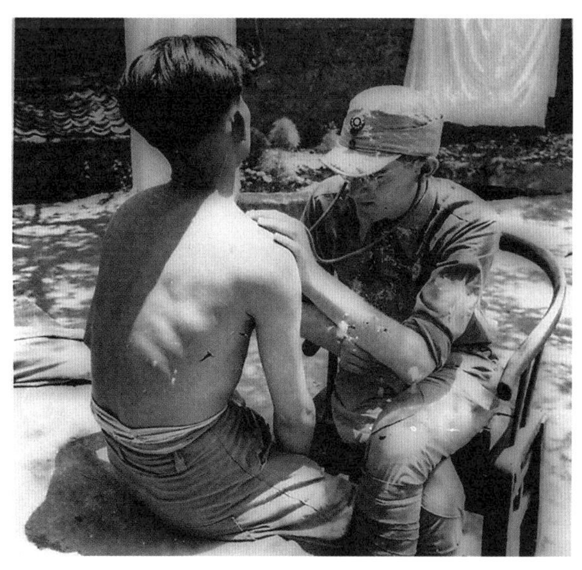

傅莱给八路军战士看病

在抗击日本侵略者的日子里，1944年，经聂荣臻司令介绍，他加入了中国共产党，实现了他作为一个奥地利的国际主义战士参加中国革命的夙愿。聂荣臻司令还根据德语“自由”一词的谐音为他取了一个中国名字——傅莱，并解释说：“你从法西斯铁蹄下的祖国来到中国参加我们的八路军，从而获得了自由，叫这个名字很好。”从那以后，理查德·斯坦一直使用傅莱这个名字。

1944年秋，傅莱受组织派遣来到陕甘宁边区，来到了中国革命的圣地延安，在中国医科大传染内科负责教学和医疗工作。由于药品奇缺，他一边参加医学教学、从事医疗工作，一边在极其困难的条件下开展科研。1945年初，在王学礼、宋同珍两位同志的帮助下，利用美国援华委员会寄来的盘尼西林（青霉素）的菌种和部分资料，经过几十次的反复试验，终于成功地研制出了粗制青

1944年傅莱在延安

霉素菌并应用于临床。1945年5月20日，在边区参议会大礼堂举行的首次医药学术报告会上，傅莱作了发言报告，当时的《解放日报》和英文报刊《新中国》都对这一事件进行了报道。5月31日的《解放日报》发表了"留延国际友人傅莱医生试制成功粗制青霉素菌"的消息，称赞道："青霉素菌，是世界灵药之一，有杀灭病菌的特效，是美国医药界发明的，经过傅莱医生苦心研究，竟在条件落后的边区制造成功。对保障人民与干部的健康，增强抗战力量，将有莫大功绩。"

特别值得一提的是，傅莱到晋察冀参加八路军后，不仅与家乡的女友失去了联系，而且也与后来追随他来到上海避难的父母失去了联系。当反法西斯战争结束的时候，傅莱原本可以回到奥地利继续深造，大部分支援中国抗战的国际主义战士也都先后离开了中国，回到自己的家乡。他父母由于没有他的消息，也只好从上海回到维也纳。但那时，傅莱已经深深地眷恋上中国这块土地，爱上了这里的人们，决定继续留在中国。1945年8月，抗战胜利后，他又奉命随部队开赴前线，同年11月到达张家口，担任华北军区卫生部顾问。解放战争中，承担了解放太原和天津战役的战地医疗救护任务。

1960年，傅莱在重庆医学院从事教学工作

傅莱先后担任中国医学科学院医学信息研究所副所长、名誉所长、中国医学科学院顾问等职

傅莱是第六、七、八、九届全国政协委员

1953年4月3日，新中国进行了第一次人口普查，傅莱终于加入中国国籍，从一位中国人民的友人成为了中国人民的一份子，享受中国公民的一切权利和义务，中国已经成为他的第二故乡。1962年经周恩来总理批准，傅莱带着妻子前往奥地利探亲，很多人猜测他这次出国肯定不会回来了，然而傅莱不仅如期而归，还把年迈的母亲接到中国住了两年。他先后被任命为西南军政委员会卫生部公共卫生负责人、重庆卫生局顾问、重庆医学院卫生系教授。1962年，傅莱从重庆市调往北京，到中国医学科学院信息研究所工作，引进了国外的先进设备和技术，为中国医药学文献和信息提供高质量论文，将华北、华东、华南、东北、西北、西南六大地区的信息联成网络，方便了国内、国际医学信息的沟通。他还先后当选为第六、第七、第八、第九届全国政协委员。

（王文执笔）

犹太难民罗生特
新四军中白求恩

Jacob Rosenfeld, a Jewish Refugee and "Bethune" of the New Fourth Army

在上海避难的犹太人不仅与中国人民共同经受苦难，也与中国人民同仇敌忾，罗生特博士便是其中的一位。他不仅参加了新四军，投身中国人民抗日战争，还加入了中国共产党。他高超的医术、和蔼的态度赢得了新四军全体将士的尊敬，被誉为“新四军的白求恩”。

The Jews who took refuge in Shanghai shared not only the difficulties and sufferings but also a bitter hatred of the enemy of the Chinese people. Mr. Rosenfeld was one of them. He joined the New Fourth Army and devoted himself to the Anti-Japanese War of the Chinese People. Moreover, he joined the CPC. He won the respect from all the officers and soldiers of the New Fourth Army with his superb medical professionalism and kind attitude and was honored as “Bethune of the New Fourth Army”.

在那个风雨如磐的年代，在上海避难的犹太人不仅与中国人民共同经受苦难，也与中国人民同仇敌忾。他们中的一些人用自己的方式对中华民族的抗日战争给予同情和支持，有的甚至投身于这场反侵略正义战争并作出了卓越贡献，罗生特博士便是其中的一位。

罗生特原名雅各布·罗森菲尔德，是奥地利籍犹太人，1903年生于维也纳。1928年以优异的成绩毕业于维也纳医科大学，后攻读博士学位。受工人革命运动的影响，他早年加入奥地利社会民主党，因从事反帝活动多次被捕。1938年3月，纳粹德国吞并奥地利，并在奥地利实行大逮捕和反犹太恐怖主义。罗生特被投入布肯瓦内特集中营。在集中营中他饱受折磨，不仅被踢伤了肾脏、踢断了肋骨，还被打掉了好几颗牙齿。1939年夏，罗生特以犹太难民身份流亡到上海。在沪期间，罗生特与共产党员沈其震结识，并参加了外国人学习小组，学习马列著作和共产主义理论。为了投身中国人民抗日战争，他坚决要求参加新四军。1941年3月中旬，他由中共地下党员护送秘密奔赴苏北。为

身穿新四军军服的罗生特，拍摄于1942年

刘少奇（左）、罗生特（中）、陈毅（右）在新四军军部合影

了防范敌人，掩人耳目，他改名罗生特。

1941年3月20日，在江苏盐城新四军军部，罗生特受到了新四军军长陈毅和政委刘少奇的热烈欢迎。罗生特与陈毅军长一见如故。陈毅为罗生特身怀医技、投身中国革命所感动；罗生特也被这位才华横溢、任人唯贤、气度非凡的将军所折服，两人结下了深厚的友谊。但他们之间的友谊却因为一件事差点受到影响。陈毅军长的妻子张茜分娩时，罗生特为她接生。罗生特当时非常生气，认为陈将军寡情薄义，连自己妻子生小孩这么大的事都不在乎，只管他的军队，不爱护自己的妻子，这样的人不可交。正当罗生特对陈将军的做法不满时，有人拿出陈毅为爱妻写的一首情诗，并反复解释陈将军为了抗日大局不能照顾妻子和家庭，罗生特才消除了心中的不满。后来，陈毅将军还为此亲自向罗生特“道歉”自己的“寡情薄义”。1942年春，由陈毅军长作为入党介绍人，罗生特作为

特别党员加入了中国共产党。

参加新四军后，罗生特发现队伍中医疗人员严重缺乏，便建议在新四军中开办卫生学校。他亲自编写教材，自制教学用具，把随身携带的大批医疗器械捐献出来，供学员们使用。他还为学校制定了一套严格的培训制度，使新四军的医疗卫生事业逐渐走上了正轨。由于敌人的封锁，医疗器械和药品奇缺，为了解决实际困难，他和学员们利用一切可以利用的材料，自制一些医疗器具。如他在讲解固定伤肢技术时，强调夹板不一定要用木板，树枝、枪把、甚至高粱杆都可以用。在山东抗日根据地，没有金属镊子，便用竹子制成镊子。他的这些办法，在治疗过程中很有效，同时也激发了学员们的学习兴趣。

1943年4月中旬，饱受病痛折磨的罗荣桓带着夫人林月琴辗转南下，找到了罗生特。罗生特认真细致的高度负责精神，良好的医疗作风和高超的医术，给罗荣桓留下很深的印象。同年秋天，早已回到山东莒南的罗荣桓病情转重。陈毅派遣罗生特为罗荣桓治

樂孫特醫生
DR. JACOB ROSENFELD M. D.
SURGEON
SPECIALIST FOR: KIDNEY, BLADER AND PROSTATA GLAND.
GROSVENOR GARDENS APT. 241-B
CONSULTING HOURS: 9.30—10.30, 6—7
TELEPHONE: OFFICE 74025, RESIDENCE 71404
SHANGHAI, ...

罗生特在上海行医的名片

罗生特（右一）和林月琴（右二）

病。鉴于罗荣桓的病情仍在不断恶化，罗生特就留在了山东军区，并被任命为山东军区卫生顾问。经过他的精心治疗，罗荣桓身体恢复很快。在他的及时抢救和精心治疗下，有数千名八路军将士转危为安。罗生特在莒南县住过30多个村庄，凡是老百姓找他看病，他都满腔热情，有求必应。罗生特博士高超的医术、和蔼的态度赢得了新四军全体将士的尊敬，被誉为“新四军的白求恩”。抗战胜利后，罗生特随部队一起来到东北，后任东北野战军第一纵队的卫生部部长。

新中国成立前夕，罗生特提出中国的革命胜利了，希望回国看看。回国前夕，罗生特特意去了上海。当他见到已任上海市市长

罗生特之墓

的老友陈毅时，分外激动，陈毅特意为他定做了一套漂亮的西服，作为罗生特回国的赠礼。陈毅在为罗生特饯行的宴会上，高度评价了他对中国革命的贡献，称他是“活着的白求恩”，并颁发给他中德文对照的荣誉证书。1950年代初，罗生特因心脏病发作不幸去世，终年48岁。随着时代的发展，从1992年开始，奥地利对罗生特也有了正确的评价，认为他是一个伟大的国际主义者，是中奥友谊的桥梁，并为他举行了一系列隆重的纪念活动，罗生特由此为两国人民而世代铭记。

(黎犁根据中国新闻网整理)

犹太姑娘朱迪丝
抗日情报女战士

Judith, a Jewish Girl and Intelligencer of the Anti-Japanese War

许多年之后，朱迪丝·本－埃利泽还会时常记起第一次被关进小囚屋的那个下午。那是战时上海宪兵总部一间阴暗的地下屋。对于朱迪丝来说，这方寸之地，是勇气和恐惧交错的战场。她还依旧记得，透过囚屋微小的门缝，能看到门外希望的光亮。

Even after many years, that afternoon when Judith Ben-Eliezer was first put into the small cell for convicts would come back to haunt her. That was a dark basement at the Shanghai Headquarters of the Gendarmerie during the war time. As far as Judith was concerned, it was a battlefield filled with courage and horror. She also remembered that through the narrow crack of the cell door was the sight of light of hope.

朱迪丝·本–埃利泽(娘家姓哈撒),上海犹太社团青年领袖,女活动家,曾与日本当局作坚决抗争

朱迪丝·本–埃利泽(Judith Ben-Eliezer):父母系俄国犹太人,出生于上海,20世纪30年代积极参加上海犹太复国主义青年组织的建立和活动,后成为该组织领导人。日军占领上海后曾为抗日地下组织做过工作,并在参与政治、社会活动的同时,一直从事煤炭等货物贸易。1948年移居以色列。著有回忆录《上海失去,耶路撒冷重获》。

许多年之后,朱迪丝·本-埃利泽还会时常记起第一次被关进小囚屋的那个下午。那是战时上海宪兵总部一间阴暗的地下屋。对于朱迪丝来说,这方寸之地,是勇气和恐惧交错的战场。她还依旧记得,透过囚屋微小的门缝,能看到门外希望的光亮。

当朱迪丝接受T.S.王的提议时,她并没有经过犹豫的权衡。仿佛那就是一项天生的使命。虽然王先生多次劝她慎重考虑,毕

朱迪丝·哈撒2岁时
与中国保姆

竟这攸关性命之虞。

“朱迪丝，我想请你帮个忙，但如果你觉得难办，就请爽快地拒绝，我十分理解。”王先生是朱迪丝的朋友，与重庆方面联系密切，“中国游击队已经渗透到了上海郊区，经常出击扰乱日军。但现在小打小闹已无济于事，关键是要打击敌人的要害。游击队必须掌握敌军敏感地带的情报、特种兵团和重要的设备部署。汪精卫政府了解日军的防卫情况，我们已有一位同志秘密打入伪政府，凭他的职位可以获取秘密情报……”王先生迟疑着等待朱迪丝的反应。

“继续讲”，朱迪丝鼓励道，“我想知道我能做些什么。”

“这位同志把情报传给我，由我向上转送。困难在于，他一旦被怀疑，就会被跟踪，而我是公开的蒋介石追随者……所以他必须跟一个中间人联系。你知道，这是一个危险的角色。”

“好，我愿意做这个中间人。”不等王先生说完，朱迪丝立刻接受了任务。“请放心，我理解这份工作的意义，也理解你的告诫，每个人的意识深处都有恐惧之心。但我无须再考虑。”

接下来就是如何着手工作的问题了。根据安排，朱迪丝将利用“犹太籍煤商”身份的掩护，与化名为齐先生的情报人员接头联系，交换情报。

开始的时候一切顺利进行。但朱迪丝明白，危险随时会在须臾间降临。

果然，日本当局的魔爪慢慢地伸向了她。一个午后，两名自称是“经济警察”的中国人闯进了她的办公室，并坚持要查账。显

1931年在上海建立犹太青年组织“贝塔”的一批年轻人

然,朱迪丝的地下工作已经进入了他们的监控视线。

面对嚣张的威胁,朱迪丝知道她只能硬扛。

"从战前开始一直到现在,我从事的一直是合法煤炭生意。"

"你的经营活动违反了规章制度!你的货是非法进购再非法出售给我们皇军黑名单上的敌方工厂,我们要检查你的账簿!"

"我的记账人此时并不在办公室。"朱迪丝暗中小心地将账本抽屉锁上并藏好钥匙。

"如果你拿不出账本,就必须去经济警察特别总部接受审问!"

面对朱迪丝的不合作,警察大发雷霆并开始怒骂。

陷入危险的朱迪丝告诉自己,必须坚持。她站在原地,拒绝挪步。

终于,为了避免强行将一个外籍女子拖上警车,警察做出了让步:"如果你答应明天到警察总部来一趟,我们现在就走,但你最好了解后果,不要失信!"

朱迪丝答应了。

经过难以成寐的一晚,第二天朱迪丝只身来到警察总部。迎接她的,是狂风暴雨似的审问和威胁。

"不要演戏了,你很清楚煤炭是由政府垄断经营的,你却非法购煤再提供给被勒令关闭的工厂!"

"为什么要歧视那些工厂?你们不是声称欢迎中国出现新局面,要发展独立工业,鼓励商业并改善经济的吗?"朱迪丝毫不畏惧。

对方一下子显得难堪起来,大声叫嚷:"你胆敢批评日本皇军的法令！他们的决策是神圣的、绝对可靠的！你是什么人！敢对这些政策评头论足？！”

朱迪丝毫不示弱，因为直觉告诉她，表现得勇敢才是正确的态度。她一鼓作气：“好一个‘共荣圈’！因此数十万工人失业，难民露宿街头，到处是混乱和无政府主义，我真怀疑你们能否控制局势！”

有一个声音告诉朱迪丝这是在自投绝路。果然，日本人恼羞成怒，开始把英文换成日语，发出刺耳的叫嚣。显然朱迪丝的反抗并不在他们的意料之内。

朱迪丝必须保持镇静，她站在原地，不屈不挠。

一阵混乱终于过去。同样在她意料之外的是，日本人最后居然做了让步：“询问到此结束，你这个不驯服的家伙。但你必须看清形势，好自为之！”

是她的勇敢和坚决，让日本人再次望而却步。

随后，上海的境况日益恶化，民不聊生。期间，朱迪丝的煤炭生意不断被日本人找麻烦，经常因为与私营商行贸易而被叫到警局。面对强权威逼，朱迪丝继续坚持自己做的是正当生意，日本人在找不到进一步证据的情况下无计可施，只好一次次没收她的煤车作为警示和报复。

朱迪丝明白大局。她知道，与本可能暴露情报的灾难相比，几车煤的损失实在不值一提。

作为生意人，朱迪丝断然拒绝加入时下流行的诈骗和投机倒把生意。在她看来，这是犹太商人固守的底线。随着形势越来越紧张，终于有一天下午，来到朱迪丝的办公室并且对她拔出枪的，不再是经济警察,而是日本宪兵。

被传唤到总部,朱迪丝做好了凶多吉少的心理准备。

问完例行问题后,宪兵头目开始数落她的“违法行为”。朱迪丝熟悉这套把戏,这只是涉及正题的前奏。

“你支持蒋介石,而蒋介石和同盟国一起反对我们正在创建的‘新秩序’。你们都是叛徒!你知道当叛徒的后果吗?你甚至在做更坏的事,你企图为敌人搜集情报!”

矛盾终于公开化了。朱迪丝感受到了这次冲突的激烈程度将远甚于往常。并且,她显然处在非常不利的地位。在煤炭问题上,她还可以反抗,因为整个经营过程都是公开的。

所有的眼睛都盯着朱迪丝,她必须回应。

“我不懂你在说些什么!”于是,她大胆地站起来,仰首挺胸。

恶意的目光始终紧盯不放。

“不要装蒜,你串通一伙人向敌人提供情报!我要知道你们是如何勾结的!”

“我完全不明白你的意思,听起来我在中间显得很重要,可是你觉得我一个小女子,有那么重要吗?”

朱迪丝略带嘲讽的语气让宪兵司令尴尬又恼火。他猛地在朱迪丝眼前挥舞拳头并锤向桌面,朱迪丝的眼睛不自觉地眨了一下。但随后她马上稳住了。

“如果不了解整个过程,你该清楚跟哪些人联络,联络些什么!”宪兵司令开始缩小提问范围。

朱迪丝意识到,如果不回答,那将是默认。

“这实在令人为难，因为我确实不明白你在说什么。”她采取拖延战术，一步步应对。

“你是不想坦白”，宪兵司令阴险地说，“只要你全盘托出，你和你的同伙就能得救，自己看着办吧！”他稍微停顿了一下，接着又恶狠狠地说道：“你知道我们有办法让你开口。”

朱迪丝听出了言下之意，他把话说穿，是为了给朱迪丝松口的机会。如果她继续沉默，事情会变得更糟。

“上次受审时我就讲明了煤炭生意的所有情况。这一切合法合理。这就是全部情况，再没其他。”

“你敢拒绝与宪兵合作！我们想引导你走向光明，你却陷于泥潭不愿自拔。这是你最后的机会！”

面对如此冠冕堂皇的假仁假义和赤裸裸的威胁，朱迪丝毅然将脸仰起。“对不起，我不能苟同尊见！”

这样的回答招来一阵毒骂。宪兵司令暴躁地将朱迪丝拖进了地下囚屋。

内心的坚持让朱迪丝几乎没有感受到拉扯和推搡的疼痛。

被推进囚屋，里面黑压压一片，年久密闭的味道更是增加了恐怖的气氛。

在这里，朱迪丝孤身一人。刚才在大厅里她使出浑身解数保持警惕和坚强，而现在只能在内心独白。这显然是敌人的圈套。刚获得片刻放松，她马上又紧张起来。依稀能听到门外的宪兵们正在争论该如何处置她。

被关在黑暗的囚屋里，刑室的幻影越来越近。朱迪丝听说酷刑前后，罪犯都要被关在铁笼子里，戴上手铐脚链。现在，她感到这间囚屋就是通向铁笼子的过渡。

但是这一切，她必须承受。这是她的选择，更是她的使命。

好几个小时过去了。对朱迪丝来说，时间的流逝第一次显得如此漫长。

“你可以走了。”宪兵打开了囚屋的门，一道亮光瞬间洒向地面。

“走？”朱迪丝也有些吃惊，差点问要去哪儿。

“走！你这个麻烦又难缠的女人！”宪兵做了个手势，就好像朱迪丝如果不赶快走，他们马上就会改变主意。

走出宪兵总部的院门，站在深秋萧瑟的大街上，朱迪丝觉得恍如隔世，仿佛已经过去了好多年。

据她判断，宪兵当时应有两派意见：一派主张通过刑罚对她逼供；另一派则认为她可以经常被找来“赎罪”，而立即对她施刑则会破坏他们的意图。看情况，应该是后者占了上风。宪兵断定她只是中间人，齐先生才是消息源，他们想知道更多的情报，又要防止消息进一步走漏，只能释放并等待她与齐先生再次联络。

朱迪丝庆幸总算又逃过了一次可怕的灾难，但不知何时她将再次被拖进这个院门。

但她知道，经过这一次次的磨砺，她已经变得强大。并且，会越来越强大。

坚持着自己的信念，游走在各种利益集团和政治漩涡中间，凭着勇气、沉着和机智，朱迪丝就这样成功度过了一次次的危险，又一次次地等待下一个厄运的降临。慢慢地，在继续从事煤炭贸易的同时，她越来越广泛地参与到犹太人在上海的政治、社会活动中。许多年以后，朱迪丝举家移居以色列。从出生在上海到离开，这段时光历练、塑造并影响了她一生的品格。就像上海冬天梧桐树的枝干那样，挺拔、勇敢、坚强。

（汝乃尔执笔）

日军手榴弹
为何炸不响

Why the Japanese Army's Grenades Didn't Explode

一位德国犹太工程师，1939年随全家从德国避难来到上海，在沪闯荡谋生，默默对抗日本占领军暴行。他利用技术特长，暗中缩短手榴弹引线，使之炸不响。但这个破坏活动很快被日本发现，使他身处险境。

A Jewish German engineer took refuge in Shanghai from Germany with his family in 1939. While he was making his living in Shanghai, he quietly fought against the violence of the Japanese occupying army. He took advantage of his expertise to shorten the leads of the grenades so that they would not explode. But his idea was soon discovered by Japanese occupying army, which put him in great danger.

在上海9年的闯荡和曲折的经历，铸就了弗兰克·塞莱格坚毅和果敢的性格。但即便勇敢如他，也一直忘不了1942年和日本人的一场遭遇，那一次他手握炸不响的手榴弹，可以说死里逃生。

当时，太平洋战争已经爆发，日军嚣张跋扈。为时局所迫，弗兰克所在的工厂不得不为日本军队生产手榴弹。机灵的他发现不少其他工厂也在生产手榴弹，而且产品都没有标记，放在一起难以区分。这个发现让弗兰克非常欣喜，因为这给了他一个极好的机会来破坏日军的装备——只要稍微缩小引线尺寸，就能让造出的手榴弹不能爆炸！

就这样，弗兰克用他的知识，默默地对抗日本占领军的暴行。但好景不长，这一地下破坏活动终于被敌人发现。一天，日本警备队的人闯进工厂，不由分说地先将工厂老板当场一枪打死，人们惊恐万状地四处逃散，现场一片混乱。日本人打算拘捕和残杀更多

意大利轮船公司的广告，许多犹太难民乘坐这家公司的轮船来上海

“虹口隔都”犹太难民聚居点

的“抗日分子”之际，弗兰克的德国护照救了他一命。尽管纳粹当局在德国犹太人的护照上都打上了表示犹太人的记号“J”，但这个护照毕竟由日本的同盟国家颁发。在一片“八格牙路”声中，弗兰克趁乱逃出。

不久，所有在沪的犹太难民被强制迁移到上海虹口区的一块约2平方英里的犹太难民营居住，弗兰克也从此开始了更不体面的半拘禁生活。

拥挤的难民隔离区，挤满了犹太难民和中国人，屋子里堆满了简陋的家具和卫生设备。难民营里人满为患，近100对夫妇挤在一间屋子里，空气一片浑浊，更毫无隐私而言。由救济组织分发的食物少得可怜，通货膨胀高达100%，日子相当艰难。狡诈的日本人还引进了一种保甲制度，邻里间24小时互相监视，日本人指定的难民组长竟与“大东亚共荣圈”的走卒们狼狈为奸，竞相欺凌不肯就范的犹太难民。

弗兰克继续在困境中寻找机会。他在难民营的角落发现了一个大的铸铁炉，巧妙地取得了难民通行证，将这个400磅的大家伙砸碎成可携带的小块，运出难民营，成功贩卖给买主。

一天，他被难民办的报纸上一则日方招聘工程师的启事吸引，并前去面试。工程师是他的老本行，弗兰克信心满满。在面试间，他用一个小时精心绘制了一个完整的汽化器，同时，他的机智、思维和谈吐使得面试官对他印象深刻。弗兰克把自己的经历和盘托出，当然隐去了手榴弹那次蓄意报复的经历。最后，他被日方成功录用，薪水不错，并且更重要的是每月供应早午饭，外加每月一袋大米。

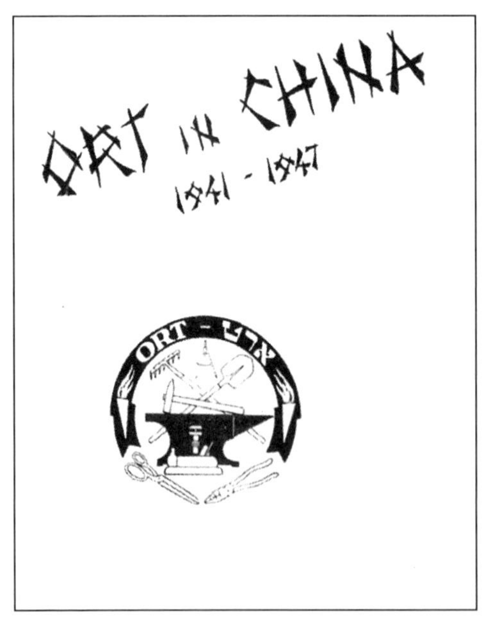

培训就业组织（ORT）战时在上海向犹太难民提供多种技能培训。这是该组织发行的介绍1941—1947年在上海活动的小册子

虽然这是为敌人在工作，但弗兰克必须小心翼翼，因为这份工作可以得到供他和家人生存所必需的食物。弗兰克很清楚，生存是最重要的，同时，他也有信心日本人终究将被

打败。

随着战事的发展，日本已经开始走上穷途末路。弗兰克和同事们的设计，没有一个得以付诸生产。定量配给的粮食先是减少继而就取消了，由于通货膨胀，工资也变得毫无意义。好在关于战争的好消息不断传来，生存下去变得可能。营地的难民们甚至开始商量怎样庆祝战争胜利。

1945年夏，日本败局已定。有消息传来，广岛被一颗威力无穷的原子弹彻底摧毁，地面上的东西都像“原子弹的尘埃”。弗兰克注意到，公司的日本人被命令在餐厅集合，回来以后他们眼里都噙着泪水，天皇告诉他们一切都走向了终结。第二天，整栋大楼的日本人都瞬间消失，难民区的出入口也不再有哨兵站岗，保甲制度也

学习各种手工工艺

不复存在。

日本正式宣布投降的那天，弗兰克在营地大门口升起了保存着的美国国旗，每一侧还有两个大的“V”形胜利标志。他知道，一切迎来了转机。

第二天，弗兰克专程来到美军在外滩南京路和平饭店设立的临时总部，他找到了负责平民事务的美军朋友，希望能在新时期找到一份工作。美军朋友欣赏弗兰克的智慧与能力，将弗兰克介绍给一位战地工程师华金斯少校。弗兰克幸运地成为华金斯的第一个上海平民雇员，月薪是令人难以置信的100美元现金，在当时，这可以说是一笔巨款，给弗兰克一家重新带回了稳定与安康。

弗兰克对新工作得心应手，他的工作内容主要是设计将现有

缝纫、熨烫衣物

的民用大楼改成军用的方法。凭借游说的天赋，弗兰克成功说服房屋的主人接受租金并让其使用70%的房屋。9个月后这笔交易也最终结束，因为房东和他的队伍离开了上海，这为弗兰克他们省下了不少租金，更重要的是，他们得到了整栋大楼的使用权，华金斯少校对弗兰克的能力予以了充分肯定。一年后，他被派往美军在北京的空军基地任工程师，这个基地将为马歇尔将军的和平使命而重新启用。就这样，在上海闯荡9年后，弗兰克移居美国，开始了一段全新的人生征程。

(汝乃尔根据犹太难民弗兰克·塞莱格回忆录《我的一生》整理)

犹太难民新生命
“上海宝贝”五百余

New Lives Welcomed —— the Number of “Shanghai Babies” Exceeded 500

再艰苦的生活也阻挡不了新生命的诞生。二战期间在上海犹太难民居住区出生的犹太后裔至少有500多人，他们被称为“上海宝贝”。回忆起童年，他们总是面带笑容，“是的，我是上海宝贝，我在这里度过了一段快乐的童年时光。”

So hard life still couldn’t resist the new babies’ coming. During the World War II, at least 500 Jewish babies called “Shanghai babies” were born in Jewish refugees’ living places in Shanghai. Recalling their childhood, these “Shanghai babies” always said with smile, “Yes, I am a Shanghai BABY and I have enjoyed a happy time here in my childhood.”

难民生活无疑是艰苦的，但再艰苦的生活也阻挡不了新生命的诞生。据不完全统计，二战期间在上海犹太难民居住区出生的犹太后裔至少有500多人。后来人们把这些在上海出生的小孩形容为“上海宝贝”。索尼亚·缪伯格便是其中之一。

70余年前，索尼亚·缪伯格诞生在犹太人避难的集中地——上海虹口，她的父母是一对从德国逃到上海的犹太夫妇。这个有着可爱金色卷发的小女孩在虹口度过了整整8年的童年时光。也许儿童的感知与大人们永远有所不同，回忆起童年，索尼亚·缪伯格女士总是面带笑容：“是的，我是上海宝贝，我在这里度过了一段快乐的童年时光。”

虹口犹太区，中国小姑娘和坐在婴儿车内的一个可爱的犹太儿童

“当年，由于父亲的中文流利，他在虹口区附近做小生意，每天工作非常努力，他经常骑着一辆自行车，我就坐在车子前面的网兜里。”回忆起自己的童年，索尼亚·缪伯格女士显得格外激动，从她手中拿着的一张全家福中可以看出，照片上的她大约只有1岁半，长得非常漂亮可爱。难怪索尼亚会面带微笑沉

虹口建立了主要吸收犹太难民子女的幼儿院

嘉道理学校的学生在上课

醉于童年的回忆，记得当时不少中国小孩子对外国小孩都很好奇，遇到长得像洋娃娃般可爱的她，总是喜欢抚摸她金黄色的头发，有的甚至还捋起她的袖子，好奇地捏着她毛茸茸的胳膊。“我们之间非常友好，经常在一起相互嬉闹”，索尼亚说。

现在的上海虹口区东长治路 91 弄，当年犹太难民子弟接受教育的嘉道理学校，是索尼亚·缪伯格永远不会忘记的地方。她就是在这里上的幼儿园和小学，接受了最初的知识启蒙，并一点点长大。战乱中的上海给她留下的印象并非全是灰色的。索尼亚说，她喜欢上海的一切，其中包括上海的黄包车。之所以上海的黄包车在索尼亚幼小的心灵中留下深刻的印记，是因为有一

嘉道理学校由霍瑞斯·嘉道理于1939年在虹口创办

犹太女孩和她的中国朋友在上海

次，她生病发高烧，万分焦急的父亲叫了一辆黄包车把她送往医院。当那位黄包车夫得知她生病后，跑得特别快，就像一阵风一样把她载到医院得到了及时的救治。这一情景从此就深深地印在了她的脑海中。虽然年幼贪玩的索尼亚当时想的只是病快点好起来，能像平常一样，与要好的中国小朋友一起在弄堂口跳橡皮筋、唱着中文儿歌，但黄包车夫拉着他们父女在马路上飞奔的镜头再也挥之不去。

如今，这些童年生活的细节都被索尼亚・缪伯格写进了她的回忆录《忆在上海的童年》一书中。作为一名德国教师，她经常在课堂上向学生们提起她的出生地上海，提起自己难忘的童年时光。

（黎犁根据新华网整理）

我们生于战乱
都是“上海宝贝”

Born in the Upheavals, We were All “Shanghai Babies”

“今天这里，明天那里，刚刚到达一个地方，我又得急匆匆上路……”，听着这支歌，我思绪万千。这支歌是上海出生的犹太人创作的，歌词虽然简单，却深深铭刻在我的心里。我怀着这样的心情，造访了许多人，与大家聚会叙谈。我们都是“上海宝贝”。

“I'm here today and there tomorrow. I've arrived at a place just now, but I have to start off immediately…” I am possessed by mixed feelings when listening to this song which was created by a Jew born in Shanghai. Simple as the lyrics are, they are deeply stamped in my mind. With such feelings I visited many people. We held gatherings and talked. All of us were the “Shanghai babies”.

1942年，我出生在上海的犹太人隔离区，华德路138号。五六十年过去了，怀着对上海和那段流亡生活的思念，我回到上海，寻找我出生的地方。

当年的华德路，今天已经改名为长阳路。这是一条交通繁忙的宽阔马路，左右两边深灰色房屋一眼望不到尽头。我找到了位于上海市提篮桥监狱对面的长阳路138号，人行道旁砌着一段低矮的墙，墙头装有一长排玻璃阅报栏。走进一个大门似的骑楼口，可见迷宫般的许多小弄堂和民房。门牌号码旁边有一块用中文书写的白底黑字加红十字的牌子，大概标明这儿是一个急救站或诊所。骑楼口坐着一位年轻鞋匠，好些妇女围在他的修鞋摊前。她们大都上了年纪，有的在等他修鞋，有的是闲着没事看热闹。陪同我来访的中国译员向鞋匠打招呼，问他是否知道，138号这幢房子里早先住的是什么人。

“这幢房子早先是犹太人的停尸间。”年轻鞋匠头也不抬地回答。

“早先”是指距今半个多世纪前。这一带属“无国籍外国人隔离区”。138号这幢房子是专供犹太人难民治病的四所医院之一。

一提“隔离区”这个词，使人不禁联想起德国纳粹占领东欧后，在许多城市中设置的犹太居民区，将犹太人集中起来，分批运往灭绝营残酷杀害——按纳粹官方的委婉表达称之为“易地安置”。在距欧洲遥远的上海，同样也有隔离区吗？

是的，上海确实有过一个犹太人隔离区，存在期间为1943年2月至二战结束，即1945年8月15日日本无条件投降，侵略者于9月

我们都是“上海宝贝”

3日从上海撤走。在隔离区的华德路138号里，先后共有1726名犹太人难民死去，其中的一个是我父亲。不过，就在这幢房子里，1939年至1945年6年中，也出生了294个犹太难民孩子，即统称的“上海宝贝”。我便是这些孩子中的一个。

“在当年隔离区内出生的孩子，小时候自然完全不知道一切有多么不正常。”记得我在德国巴戈利亚州梅明根附近克隆堡看望曼弗雷德·沃尔姆时，他曾一再这样说。他承认：“我们的遭遇经历，与留在德国国内的人所受的痛苦完全不同。”我也想到，我们出生在上海隔离区，毕竟是幸运的。与谁相比较算幸运呢？自然是与我们犹太人家庭的成员相比较，他们之中不知有多少在特莱西恩施塔特被枪杀，在罗兹被饿死，在奥斯维辛被用毒气杀死。

在驱车前往沃尔姆家的路上，我打开汽车收音机，播放着一支歌，歌词说："今天这里，明天那里，刚刚到达一个地方，我又得急匆匆上路……"听着这支歌，我思绪万千。这支歌是斯特凡·苏尔克作的，他也是在上海出生的犹太人，歌词虽然简单，但却深深铭刻在我的心里。我怀着这样的心情，造访沃尔姆和其他许多人，与大家聚会叙谈。我们都属于"上海宝贝"。

我是在1994年夏天去慕尼黑参观犹太人博物馆时，偶然认识曼弗雷德·沃尔姆的。他也在参观博物馆，瞪大眼睛仔细看墙头展出的照片，其中一张拍着上海一所小学。他对站在身边的儿子说，那正是他当年念过书的学校。这张照片我很熟悉，1945和1946年两年，我就是在这所小学附设的幼稚园度过的。我立即与这位不相识的男士打招呼攀谈，当时我正要偕同专业制片人迪特里希·舒伯特去上海，那是母亲带着我于1946年冬告别上海回欧洲后，我第一次重返出生地观光。今天，这部介绍当年犹太人难民住地实况的影片已制作出来了，我登门造访沃尔姆，他对儿时在上海的经历仍记得清清楚楚。

曼弗雷德把我请进他的书房。我们喝着咖啡，他拿出保存的资料，给我看一篇1945年刊登在上海犹太人流亡者用德文出版的报纸上的，他为他舅父、乐队指挥莱奥·舍恩巴赫逝世而作的文章。舍恩巴赫原是德国萨勒河畔哈勒城剧院管弦乐队指挥，流亡上海期间，热心出面组织虹口地区欧洲犹太人难民开展文化活动，曾经起过重要作用。书房墙上挂着主人曾祖父母的照片，曼弗雷德近年一直忙于研究自己的家史。他们一家饱经了动乱变迁，曾经几乎忘记了自己是上海犹太人出身。曼弗雷德的父母亲是在乘同一艘船去上海流亡途中相互认识，到达上海后结婚的。曼弗雷德本人出生于1940年6月3日，比我年长两岁，跟父母住在虹口。1937年抵达上海的犹太人难民，从1943年起，统统被强令集中到虹口这个新划定的隔离区居住。有个年轻美国黑人曾经是父亲在哈勒老家时的房客，十分友好。打从流亡到上海后，这位黑人给他父亲每月汇寄5美元，作为贴补生活开支之用。但1941年底太平洋战争爆发后，这笔小小的援助便永远中断了。

难民们乘船出发时，都不知道要航行到什么地方去，没有做相应的准备。直到船要靠岸，他们才听说是到了上海。

抵达上海后，面对完全陌生的环境，流亡难民不得不想尽办法谋生。有的行医，有的开饭店或经商，都指望能开始过新的生活。但是，纳粹党卫队头子海因里希·希姆莱仍不放过这些逃亡者，企图从相隔万里之外的德国支配他们的命运。奉希姆莱指示，当时纳粹德国盖世太保驻日本的首席代表约瑟夫·梅辛格（此人以“华沙屠夫”恶名被载入史册，遗臭万年）想方设法，要将这些流亡到上海的犹太人加以“最后解决”，即斩尽杀绝。上海犹太人隔离区是日本当局在德国政府施加压力下设置的。

日本投降后，隔离区被撤销，这些犹太人难民的境遇也得到了改善。这一点可以从他们当中婴儿出生数字的变化看出来：1942至1945年4年中，婴儿出生人数分别为36、27、48和50个，而1946

虹口犹太难民收容所

为犹太难民临时搭建的淋浴设施

年已增至114个。

1947年7月25日，一艘名叫“马里恩·林克斯”号的美国人用于运兵的海轮来到上海，将650名德国和奥地利难民运回欧洲，其中便有沃尔姆一家。曼弗雷德当时7岁，在上海犹太人青年会学校念书。航行途中，他在海轮上生平第一次干起了买卖：收集空可乐瓶找人调换香烟。他们一家一路平安，终于回到了故乡萨勒河畔的哈勒。他回忆说：“父亲和母亲执意要回老家，这是很自然的。年纪越大，越是思念故土。”

曼弗雷德·沃尔姆先是在汽车厂学当钳工。后来他意外地申请到了奖学金，进了大学，念新闻专业。大学毕业后他到一家报社工作，不久辞职去了慕尼黑，改行攻读法律，加入社会民主党，发起成立了德国以色列协会梅明根分会。后来他在梅明根地方法院当审判长，并任巴戈利亚州宪法法院领导成员。

据旅居上海犹太人协会秘书长拉尔夫·希尔施估计，在上海犹太人隔离区居住过的流亡难民中，今天存世的还有近3000人，他们多数是在上海出生的。那些出生在德国、逃亡去上海的犹太人，经过半个多世纪以后，今天仍健在的已越来越少了。他们住在以色列、美国和澳大利亚，当然也有一些留在德国。拉尔夫·希尔施本人从事市政建设工作，家住北德小镇策勒，经常去美国费城以及世界许多地方，致力于使幸存的当年上海犹太人难民相互保持联系。他想发动大伙出力，为这段令人难忘的历史收集各种文献资料和实物纪念品。

我是在科隆附近圣奥古斯廷参观人种学博物馆举办的一次“犹太人在中国——从开封到上海展览会”上，认识拉尔夫·希尔施的。博物馆同时还展出达维德·路德维希·布洛克的木刻和水彩画，全都是布洛克1940年至1949年期间在上海创作的，由希尔施为其展出写了前言。

希尔施本人于1940年（当时10岁，在柏林刚念完三年级）随父母流亡到上海。他们一家属于走得最晚的一批流亡者——1940年以后，德国犹太人便再也没有出国流亡的机会了。希尔施现年67岁，还能清楚地记得出逃前父母的考虑。当时有3种可能的办法去上海：一是走陆路，经苏联和蒙古到中国；二是乘火车横贯西伯利亚到海参崴，然后乘船经日本转往中国；三是全部走水路，乘海轮穿过苏伊士运河和印度洋到中国。最后他们决定完全走水路。希尔施在上海犹太青年会学校（俗称嘉道理学校）念完中学，这所学校是上海有钱的犹太人办的，创办人嘉道理爵士是为数不多但十分富有的犹太人社团成员。

我在博物馆与希尔施一道，仔细观看展出的达维德·路德维希·布洛克所作的木刻和水彩画，对上海给予当年犹太人流亡者的影响有了更深入一步的认识。布洛克在上海潜心钻研，创作了近300幅木刻版画。这些作品生动真实地反映了17000名德国、奥地利、波兰、捷克斯洛伐克流亡难民的生活。

马丽昂·舒伯特是上海光复后，1946年10月13日出生的。她父母的老家都在柏林。父母逃亡到上海后于1939年结婚。她的3个伯父叔父，她的外祖父母，也是多亏逃到上海，才免遭纳粹杀害。1949年，他们一起告别上海，取道美国去以色列。1953年10月，他们又离开以色列，仍旧回了老家德国。玛丽昂当时7岁，刚进小学念书，回到柏林后，不得不再一次从头开始适应新的环境。

马丽昂·舒伯特今天在以色列驻波恩大使馆当雇员。看来她对上海确实情有独钟，她经常翻阅父母珍藏的上海影集，父母和柏林的朋友打桥牌时没有一次不谈在上海的旧事。她表示自己“永远不会忘记我是从什么地方来到人间的，曾经有过哪些经历”。

（黄媛根据彼得·劳克格鲁恩回忆录整理改编）

四位当年“上海宝贝”再聚洛克菲勒中心

Four “Shanghai Babies” of those Years Reunited at the Rockefeller Center

“犹太难民与上海”展览走进纽约，来到洛克菲勒中心，向美国公众展示16位犹太难民在上海避难期间的生活经历和感人故事。开幕式当天迎来了4位特殊客人，他们都是在上海出生的“上海宝贝”。

The *Jews and Shanghai* Exhibition, featuring 16 life stories of the former Shanghai Jewish refugees, was displayed at the Rockfeller Center in New York in September, 2013. Four “Shanghai Babies”, who were born in Shanghai during WWII, joined in the opening ceremony and attracted much attention.

“犹太难民与上海”展览走进纽约，来到洛克菲勒中心，向美国公众展示16位犹太难民在上海避难期间的生活经历和感人故事。开幕式当天，10余位故事主人公——当年的犹太难民及其后裔应邀来到现场参观，他们回忆起当年自己亲身经历过的那段历史，不禁百感交集。

四位在虹口隔离区出生的“上海宝贝”也专程赶来参加开幕式。他们是：艾琳·雅各布森（Aileen Jacobson）、艾伦·哈伊姆·库拉克（Ellen Chaim Kracko）、伊冯·丹尼尔（Yvonne Daniel）和冉·韦纳曼（Ran Veinerman）。

艾琳·雅各布森（Aileen Jacobson）在采访中展示其父母的合影

艾琳一大早就来到了开幕式现场并接受了记者的专访，艾伦特意穿上了一件在上海购买的红色唐装，伊冯精心制作了一本家庭影集赠送给上海犹太难民纪念馆，来自以色列的冉为了能参加开幕式，特意调整了自己在美国的行程。

艾琳1947年7月21日生于上海。在接受记者采访时，艾琳回忆了她的父母在上海相识相恋的故事。她一边讲一边向工作人员展示一些旧照片，多次情不自禁地感叹：“我的母亲真的非常美！”

她的父母都是在1939年逃亡到上海的，但当时他们并不相识。艾琳的母亲叫伊尔泽·罗德曼（Ilse Ludomer），到上海时刚满18岁，给人带过小孩，也在不同的咖啡馆里做过服务员。艾琳的父亲艾里奇·雅各布森（Erich Jacobsohn）（当他到了美国就把名字的拼写改成了Eric Jacobson）到上海时28岁，在上海靠翻译与教授英语谋生。1945年，他们在一次防空演习中相遇并一见钟情。1946年，两人举行了婚礼。1947年7月21日，他们生下了艾琳。在艾琳3个月大的时候，他们一家人离开上海前往美国定居。

艾琳说，她准备写一本书，讲述自己父母非同寻常的人生故事。她说，当世界被大屠杀的恐怖与黑暗笼罩之时，上海让他们看到了希望之光。这希望之光，拯救了犹太人，拯救了世界。

1947年3月12日生于上海的艾伦·哈伊姆·库拉克（Ellen Chaim Kracko），父母是二战期间从德国逃亡至上海的犹太难民。1949年，艾伦随家人离沪前往以色列，现定居美国。

艾伦·哈伊姆·库拉克
(Ellen Chaim Kracko)

2006年，艾伦曾陪着87岁的母亲鲁思·哈伊姆(Ruth Chaim)一道来沪参加重聚上海活动。与会者中有13人在上海出生，艾伦是其中最小的。艾伦说，这次重聚非常难得，对很多老人而言，是一次“最后再看上海一眼”的机会。她说:“我的家人很幸运，得以在中国上海避难。对此，我始终心存感激。”

艾伦说:“我参加过很多很多次上海犹太人的重聚活动，第一次是1985年在纽约举行的。2004年在加拿大多伦多的重聚活动我也参加了，那是一次很不错的重聚。但是在所有的重聚活动中，我觉得最棒的还是2006年在上海举行的那次。那是一次情感之旅，我们每个人都感受着当地人民的热情，我们非常感激！我们避难上海的时候，中国人对我们很友好，把我们当成朋友，无论什么样的语言都不足以表达我们的感激之情。”说到此处，艾伦哽咽了，晶莹的泪光，在她的眼角闪烁着。

伊冯·丹尼尔 (Yvonne Daniel) 展示捐赠给纪念馆的画册

伊冯·丹尼尔 (Yvonne Daniel) 1944年10月5日生于上海，父母为1936年从德国逃难到上海的无国籍犹太难民。伊冯和她的哥哥都在上海出生，她的哥哥一岁半时不幸夭折，听母亲说，她的哥哥是死于营养不良。由于当时喂养一个婴儿十分困难，因此当时上海犹太难民中选择流产的比选择将孩子生下来的要多。

在采访中，伊冯一度哽咽不语。她说，每次回忆起这段历史时，自己都会很激动，当年如果不是上海这座城市和上海人民，2万多曾居住在上海的犹太难民可能就没有办法幸存下来。伊冯说，由于父母身体不好，她没能从他们那里获知更多在上海生活的细

冉·韦纳曼(左1)(Ran Veinerman)在接受采访后与纪念馆高级顾问廖光军合影

节,因此,她一直都很积极参加犹太难民的重聚活动,希望能够从其他难民的回忆中追溯这段历史。

多年来,伊冯在美国的很多社区和团体讲述过自己的故事以及犹太人在上海的那段历史。她说,她将继续致力于向更多人传播这段历史,让世界上更多的人了解犹太人与上海的这段渊源。

冉·韦纳曼(Ran Veinerman)的母亲埃丝特·韦纳曼(Esther Veinerman),1920年10月生于上海,1939年与艾伯特·韦纳曼(Albert Veinerman)在摩西会堂结婚。艾伯特·韦纳曼,1906年1月在俄国出生,1925年经由哈尔滨来到上海。1940年12月,他们的孩子冉出生。冉目前在以色列海法市定居，担任以中友协副主席，自从离开上海后，他曾6次回沪参观访问。2009年11月，冉将父母珍贵的结婚证及其他旧文件捐赠给上海犹太难民纪念馆。

冉此次带了两位朋友前来观展，其中一位拉里·哈同（Larry Hardoon）先生是20世纪上半叶沪上赫赫有名的犹太富商哈同家族的后裔。冉说，他很高兴这个展览能在纽约展出，这有助于向世人讲述那段特别的历史。他很愿意为纪念馆的进一步发展提供帮助，并希望推进纪念馆与哈同家族成员之间的交流与合作。

（廖光军　李惟玮执笔）

中犹爱侣天各一方
小爱曲折大爱圆满

Happy Ending of a Sino-Jewish Couple through Twists and Turns

中国上海的知识女性徐芝秀，与奥地利籍犹太人相识、相爱并结为夫妻。1951年，皮克离开上海移民澳大利亚。徐芝秀历经艰辛来到奥地利，却始终不能与皮克相聚。勤劳聪明的徐芝秀最终成为维也纳大学的中文老师，并为传播中国文化和中美建交作出贡献。

The Legend of Love Composed with Lifetime Xu Xiuzhi, a woman intellectual in Shanghai, China and a Jewish Austrian, got to know and fell in love with each other and got married. He left Shanghai and immigrated to Australia in 1951. Xu Xiuzhi went to Austria overcoming various difficulties but was not able to unite with her husband. Finally Xu Zhixiu became a Chinese teacher in University of Vienna with her diligence and intelligence and made great contribution to the dissemination of Chinese culture and the establishment of Sino-US diplomatic relationship.

徐芝秀曾任维也纳大学中文教师，是奥中友协理事会发起人之一，被授“奥地利共和国金质功绩勋章”

1952年仲夏，莫斯科开往波兰的火车上，在满车厢深目隆鼻的欧洲人中，倚窗而坐的一位端庄秀丽的东方女性分外引人注目。此刻，她略显疲惫的眼神注视着一闪而过的异国山水，心却早已飞向此行的目的地——奥地利的维也纳。

这位从上海转道香港，飞住苏联莫斯科，历时20多天辗转东欧各国，风尘仆仆奔赴奥地利维也纳的中国女士名叫徐芝秀，1937年毕业于中国著名的南京金陵女子大学。“七·七”卢沟桥事变一夜之间打破了她教育救国的梦想，出生于知识分子家庭并受过良好教育的徐芝秀和当时很多的知识女性一样，一时失业在家，一时受雇于一些小公司。1940年代末，她应聘来到一家犹太人开的公司当打字员兼翻译，期间邂逅了为逃避纳粹迫害而在上海避难的奥地利籍犹太人皮克。这位在上海避难地成长起来的犹太青年没有像大多数欧洲犹太人一样，在二次大战结束后就选择离开，而是一直在上海工作到了1951年，才在其家族的不断召唤下移民澳大利亚。临别前他决定与相恋了多年的徐芝秀结婚，并承诺等站稳脚跟后立即接徐芝秀过去。冲破来自家庭和世俗的重重阻力，徐芝秀毅然与皮克结为夫妇，并等待着夫妻团聚的一天。由于当时的澳大利亚不允许黄种人入境，即使徐芝秀已持有奥地利护照依然不行。万般无奈之下，1952年，徐芝秀漂洋过海，历经千辛万苦来到奥地利，但此后由于种种原因，皮克一直也来不了奥地利，夫妻二人只得靠书信聊解相思。1960年，忧思过度的皮克因心脏病突发而去世，夫妻两人此生再未团聚，只给徐芝秀留下了满满一箱的书信。

在维也纳举目无亲的徐芝秀，为了生存不得不放下知识女性的矜持，一度在餐馆和制鞋作坊打工。机缘巧合，在台湾人开的“龙饭店”当接待员时，正逢中国国画大师张大千来维也纳访问，中英文俱佳的徐芝秀有幸成了张大师在奥期间的翻译，自此她的优秀才华得到了当地人的赏识，后经朋友介绍开始到维也纳大学做中文老师，并成为当时该大学的唯一的中文师资。徐芝秀的学生中有许多奥地利知名人士。奥地利知名学者和社会活动家、奥地利对华友好及文化关系促进协会（奥中友协）常务副主席格尔德·卡明斯基教授、奥地利外交学院第一任院长文特教授都曾是徐芝秀的学生。1969年，徐芝秀意外收到了当年的学生——已任巴黎联合国教科文组织高级职员的文特教授的来信，说美国的几个高级知识分子认为美国政坛对新中国的敌视政策有害世界和

奥地利维也纳大学

平，并在纽约组织了一个“对华新政策委员会”，他是会员之一。他们拟定了新政策的重点，决定试探美国政府。知道这个消息后，徐芝秀通过有关渠道将该消息传递给了中国有关方面，对中国政府及时作出应对，以及后来恢复中国在联合国的地位及中奥、中美建交作出了重要贡献，并于1973年应中国人民对外友好协会邀请回国访问。

从1952年直至2008年去世，徐芝秀一直致力于传播中国文化和促进中奥友好，并成为奥中友协理事会的发起人之一。思乡之时，她创作了《欧洲之旅》《威尼斯街景》《卢浮宫艺雕》等以中国古典诗词为体裁的诗歌作品。1995年，为纪念徐芝秀不平凡的一

徐芝秀（左一）与友人合影

奥中友协常务副主席卡明斯基将徐芝秀写作的诗篇和自传集合成《欧游诗抄》一书出版

生，她的学生暨“干儿子”格尔德·卡明斯基教授将她的诗作和自传集合成《欧游诗抄》一书出版。维也纳大学庆祝建校百年时，奥地利教育部长给她发了共和国金质功绩勋章，奥总理为她亲授教授学衔，她用一生书写了一个爱的传奇。

(黎犁根据旅奥艺术家陆志德口述整理)

犹太画家牵手上海姑娘
聋哑情侣演绎相爱终生

Lifelong Love Story of a Deaf-mute Jewish Painter and His Shanghai Lover

大卫·布鲁赫是一位犹太聋哑人画家，在上海避难时结识了两个上海朋友。朋友为他起了个“白绿黑”的中国名字。他与一位上海聋哑姑娘一见钟情并结为夫妻。中国姑娘把自己全部的爱献给了在异国他乡漂泊的犹太难民画家。上海往事成了大卫·布鲁赫艺术创作的源泉。

David Bloch was a deaf-mute Jewish painter, who made friends with two Shanghai people when he took refuge in Shanghai. His friends called him “White Green Black” (similar with the pronunciation of his family name). He fell in love with a Shanghai deaf girl at first sight and married her. This Chinese girl gave all her love to the Jewish refugee painter who lived a fugitive life in foreign land. The stories in Shanghai became the inspiration for his artistic creation.

德国犹太画家白绿黑（Bloch）

1938年11月9日晚，德国法西斯捣毁了大批犹太人的商店、会堂和住所，一个新的更大规模的反犹太人浪潮开始了。这个被称为“碎玻璃之夜”的事件发生以后，纳粹大肆逮捕犹太人，青年画家大卫·布鲁赫也被关进了德国达豪集中营。由于大卫是个聋哑人，经社会各界的多方营救，他终于被释放了。走出集中营的大卫来到了慕尼黑，在那里，他收到了表哥从美国发来的电报，电报只有简单的3个字——“去上海”。“对，去上海！”别无选择的大卫·布鲁赫听从表哥的指点，想尽一切办法搞到了一张船票逃亡到了上海。

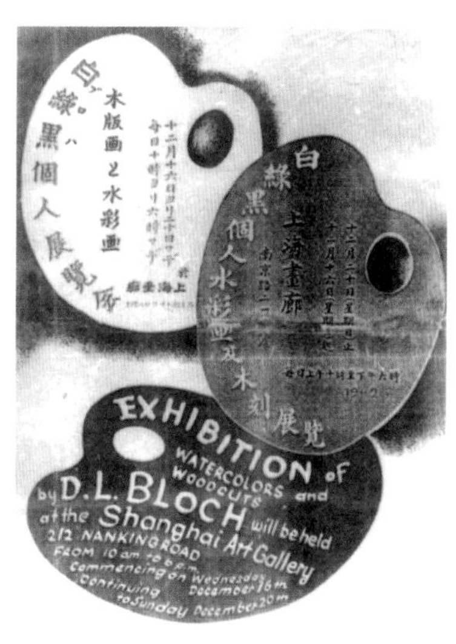

德国犹太画家白绿黑的展览会“海报”

全世界的聋哑人都有着他们共同的语言，那就是手语。在上海避难时，大卫认识了两个上海的聋哑人，虽然中国和德国的手语有所不同，他们交流起来有点困难，但这并不妨碍他们成为好

奥地利犹太画家弗里德里希·希夫在上海创作了许多反映中国人民生活的优秀作品

朋友。艰难岁月里，这两位上海朋友常带大卫去参加上海聋哑人的聚会。1941年，大卫在聚会上认识了一位上海聋哑姑娘，并且一见钟情。1946年，大卫·布鲁赫与这位相恋了5年的姑娘在上海结了婚。虽然欧洲人的习俗和中国的不同，沟通起来有点困难，但大卫·布鲁赫却能从他的中国夫人简单的手势中体会到她对生活的深刻理解和热爱，两人之间

犹太画家描绘当年上海著名的意大利犹太小提琴家及指挥富华（左）和德国犹太大提琴家约阿西姆（右）在演奏的漫画

弗里德里希·希夫的漫画“我爱中国人”

有着一种常人想象不到的默契。他们在生活中互相理解、互相体谅，艰难世事中，这位中国聋哑姑娘把自己全部的爱献给了在异国他乡漂泊的犹太难民画家，并把自己的命运同他紧紧连在一起，直到她在美国离开人世。

大卫·布鲁赫在上海避难期间还很幸运地结识了一位叫“陈”的朋友。这位朋友不仅会吹笛子、弹琵琶，还会演戏，他经常带大卫到一些中国家庭中做客。那些普通的上海市民虽然生活艰苦却十分友好，经常留他在家中吃饭和聊天，由此，大卫在上海结交了一群中国的艺术家朋友。这些中国艺术家教他说上海话、练毛笔字，其中一位中国朋友还根据“布鲁赫”的谐音，为他起了个“白绿黑”的中国名字。

在上海避难的经历在大卫·布鲁赫的艺术创作中烙下了深刻的印迹。凭着回忆和灵感，他的画作中里倾注着对上海的感情，黄包车就是他最爱画的主题。他说，黄包车夫非常辛苦，他们是那个年代勤劳、善良的中国人的真实写照。1997年，他出版的画册里就有60幅有关黄包车的画。其中有黄包车为人家搬场的场景，有卡车抛锚由6辆黄包车一起拖车的场景。上海往事、上海情愫成了大卫·布鲁赫艺术创作的源泉。

（黎犁根据中国新闻网整理）

犹太艺术大师
青睐上海画家

Young Shanghai Painter Rated by a Jewish Art Master

中国画家陆志德在旅奥期间结识了曾在上海避难的奥地利音乐家犹太人海因茨·格林伯格和奥地利艺术大师、画家埃尔恩斯特·福古思。他们帮助陆志德提高德语，融入当地生活。在他们的帮助和启发下，陆志德融中国画与西方画为一体，创作了大量以犹太难民故事为题材的艺术作品。

Lu Zhide, a Chinese painter, made acquaintance with Heinz Gruenberg, an Austrian Musician, and Elernst Fergus, an Austrian master of art and painter who took refuge in Shanghai, during Lu's stay in Austria. They helped Lu Zhide improve his German and got accustomed to local life. With their help, Lu Zhide integrated Chinese painting with Western painting and created a large quantity of art works with the theme of Jewish refugees inspired by them.

“超市里面嘛，么事倒蛮多格，就是阿拉上海人喜欢吃的蔬菜少了点……”熙熙攘攘的人群中，他的耳畔忽然飘过一句似曾相识的上海话。转过身，就在离他不远的地方，两张东方人的面庞映入眼帘。不由自主地，他走了上前，“阿拉也会讲上海闲话格，大饼、油条、荡马路……”很显然，他的上海话让两位中国人吃了一惊，然后就你一句我一句地攀谈了起来。就这样，因着一句上海话，年迈的奥地利犹太人海因茨·格林伯格与来自上海的青年画家陆志德在维也纳的一家超市里相识。

旅奥中国画家陆志德（左一）

陆志德在上海犹太难民居住区碑前

原来，如今已满头银发的海因茨·格林伯格，5岁时曾作为犹太难民随父母一起在上海度过了8年的避难生活。他说，正是因为中国接纳了他们一家，才使得他们免遭纳粹的屠杀，所以看到中国人特别是上海人就感到分外亲切。当他了解到陆志德是位画家，正在奥地利游学和创作后，就热情地邀请他参加维也纳犹太上海难民沙龙，并希望陆志德继续教他们上海话，他们则帮助陆志德提高德语。

曾在上海避难过的犹太人，如今大多已上了年纪，但他们有着一个共同的上海情结，自发组织了一个沙龙，每月最后的一个星期六聚会一次。在沙龙里，海因茨·格林伯格他们与陆志德聊得非常投机，他们聊到了摩西会堂，聊到了外滩，聊到了

陆志德《犹太人在中国》画作作品之一

哈同花园，他们帮助陆志德提高德语，并让他很快融入了当地的生活。俩人成为忘年交后，陆志德逐渐了解到，海因茨·格林伯格不仅是维也纳交响乐团的首席小提琴手、欧洲著名的音乐家，还曾经是中国艺术家陈逸飞先生的艺术纪录片《逃亡上海》中的主人公。他曾对陈逸飞先生说过，逃亡之初，他们都只听说过上海无须签证即可进入，其实并不知道上海到底是在哪里，坐着船绕了半个地球，在遭到许多国家的拒绝后，是宽容、友善的上海接纳了他们一家。"我的音乐之路起步于上海"，海因茨说。当年在上海避难时，父亲因劳累过度得了肺结核，而自己从小腿脚有疾，行走不便，很小就隐约有了生存的压力和

陆志德《犹太人在中国》画展作品之二

危机感，必须学一门手艺以维持以后的生活。到上海避难那年他正好5岁，当父亲问他希望得到什么生日礼物时，他毫不犹豫脱口而出："小提琴！"虽然经济上仍很拮据，但家族中有许多人从事艺术工作的父亲对儿子的这个决定非常支持，不仅想尽办法买回了小提琴，还为他请了老师。"一学之后就迷上了，在上海的8年从没间断过，上海给了我音乐的启蒙，见证了我的少年时代。"海因茨先生告诉陆志德，当年他家在上海住的房子很小，全家勉强能吃饱穿暖，学琴生涯也很苦，但这段岁月，如今却已成为他晚年生活的幸福回忆，至今对上海小孩玩的弄堂游戏还记忆犹新。

陆志德《犹太人在中国》画展作品之三

“我带你去见一位艺术大师，这会对你大有帮助的”，为了能让这位勤奋的中国青年画家尽快迈入西方美术大门，海因茨·格林伯格介绍陆志德与他的好友，奥地利艺术大师、画家埃尔恩斯特·福古思相识，于是，陆志德就经常带着自己的作品去福古思家讨教。这位艺术大师的父亲也是一位曾经在上海避难的犹太人。“那年我8岁，我的父亲因为是犹太人逃亡到了上海，我和母亲只能靠书信和父亲保持联系。父亲在上海虹口石库门里写来的一封封书信，不仅给我讲述了许多上海见闻，更是给了我许多心灵慰藉。”埃尔恩斯特告诉陆志德，每到应该收到来信的日子，他总是充满期待地到信箱前等待邮差，等待父亲来自上海的消息。一天，他当着

陆志德《犹太人在中国》画展作品之四

陆志德的面打开一个箱子，那些被他当珍宝一样保存的父亲当年的来信和一些照片、明信片，整整齐齐摆了一箱子。“这些都是我的宝贝，我保存了快70年了”，轻轻抚摸着信件，老人的眼中充满深情。“作为一名中国的画家，你可以从历史题材着手，在用作品给后人以启示和教育的同时，你的作品也会在历史中留下痕迹。”在他的启发下，陆志德从此走上了以犹太难民故事为主要题材、融中国画与西方画为一体的艺术创作之路。

在两位奥地利艺术大师的提携和帮助下，陆志德技艺大进。2004年，陆志德的第一次海外画展在维也纳开幕时，格林伯格特意组织了一个犹太艺术乐团前来助兴，福古思也前来祝贺。画展上，

陆志德《犹太人在中国》画展作品之五

陆志德《犹太人在中国》画展作品之六

东西双方、声色之间的艺术符号相映生辉，碰撞激荡。两位异域艺术大师与一位中国青年画家之间的故事，延续着历史长河中那段曾经闪耀过的人性的光辉。

(黎犁根据旅奥艺术家陆志德口述整理)

著名犹太画家
寻找上海阿妈

A Renowned Jewish Artist Looks for his "Shanghai Amah"

彼得·迈克斯(Peter Max),美国著名画家,1937年10月生于德国,1938年随父母来沪,并在这里生活了10年。儿时的生活在他的心田播下了艺术的种子。当时,彼得有一个跟自己很亲近的阿妈,阿妈每天教她握笔作画,令他怀念至今。两年多前,彼得专程到上海召开新闻发布会,寻找当年阿妈。

Peter Max, a renowned American artist born in October 1937, came to Shanghai with his parents in 1938 and lived in the city for ten years. The seed of art was sown in his mind during his childhood. At that time Peter had a very affectionate nanny who taught him to draw every day and who he still deeply misses today. Two years ago he paid a special visit to Shanghai and held a press conference, looking for this Shanghai Amah.

2012年10月11日，曾在上海避难的美国犹太裔画家彼得·迈克斯(Peter Max)专程来到上海犹太难民纪念馆举行新闻发布会，寻找他当年的阿妈。他说："她只比我大几岁，就像我的姐姐一样。她是我的艺术启蒙老师。"

彼得·迈克斯，1937年10月19日生于德国，1938年随父母逃亡上海避难。彼得一家在上海住了10年。儿时在上海的生活在他心田播下了艺术的种子。他们一家住在一个塔形的房子里，家的一边是佛教寺庙，另一边是锡克教堂。清晨，他会看见佛教寺庙的僧侣们用很大的竹毛笔在宽阔的宣纸上练字；晚上，他又会聆听锡克教徒们用优美的旋律诵读经文。彼得在上海生活的时候，有一个跟自己很亲近的阿妈。阿妈每天教他如何用腕力握毛笔和画

2012年10月11日，彼得在新闻发布会上向媒体展示自己所绘的阿妈形象

画。彼得的母亲也很鼓励他，总是把各种绘画的材料放在阳台上，任由他去涂鸦。

1948年，彼得随家人离开上海，他在船上哭得很伤心，对阿妈十分不舍。离开上海后，彼得一家辗转经过以色列、法国等地后最终在美国定居下来。他与阿妈也断了音讯。自从离开中国后，彼得一直希望能够再次回到上海，找到他的阿妈。

如今，彼得·迈克斯已经成了美国著名的画家，他的作品经常表现名人、政治家、运动员、体育项目以及一些其他的流行文化。他为福特、卡特、里根、布什等总统画过像，更为克林顿总统画了100幅肖像。大陆航空公司一架波音777-200ER的机身特殊图案也是由彼得·迈克斯设计的。这位原犹太难民，用自己的故事

儿时的彼得与母亲在一起

年青时的彼得

彼得与女儿在舟山路上寻访

告诉世人，日后成就大业的许多犹太人，是在上海埋下了最初的种子。也再次印证了上海在那段历史中展现出的大爱。

2012年10月，彼得凭着记忆给自己的上海阿妈画了一幅速写，并带着这幅画重回上海寻根。他希望能够找到阿妈，再抱抱她，并愿意带她到美国去生活。他说："我去过很多国家，不管到哪里，我都觉得自己是中国人，我认为自己百分之八十是中国人。"

仅凭彼得儿时的旧照和一张速写画，要找到"上海阿妈"或许很难。尽管困难重重，上海犹太难民纪念馆陈俭馆长表示将尽力帮助彼得·迈克斯实现愿望。彼得多次表明，如果找到了上海阿妈，他愿尽一切努力使她过上更加美好的生活。

(廖光军执笔)

犹太“女孩”薇拉
找到上海“爷叔”

Vera —— A Jewish Girl who Found Her Shanghai “Uncle”

薇拉回忆道，当时无论上学还是放学，她都有私人的黄包车接送，而且始终都是同一位车夫在等候她。直到后来才得知，正是她的隔壁邻居周先生特地为她安排了这样的贴心服务。每天放学后，周先生都会让她先到自己家去吃点东西再回家吃晚饭，而周先生家的经济状况也并不宽裕。

Vera recalled that no matter go to school or after school, she would have a private rickshaw shuttle. Besides, there was always the same driver waiting for her. Only later did her learn that it was her next-door neighbor, Mr. Zhou who specially arranged such warm service for her. Everyday after school, Mr. Zhou would make her eat something in his house first and then let her go back to her own house for dinner, and Mr. Zhou was also not well-off.

来自美国寻求创作灵感的编剧拉里夫妇不会想到，在寻访老弄堂时会遇见一位前难民，名叫薇拉的老妇人竟然当年就在这里住过。多年之后再次来沪，薇拉说她想重拾当年的点滴记忆，重温那段虽然艰苦却令她感动至今的经历。

薇拉出生于1938年5月，8个月大的时候跟随家人一起来到上海避难，度过了她的童年。

在她的叙述中，曾多次提到一个叫周先生的中国邻居。她回忆道，当时无论上学还是放学，薇拉都有私人的黄包车接送，而且始终都是同一位车夫在等候她。小薇拉还觉得很好奇，因为黄包车的生意很好，而这位车夫却推掉很多路人的生意等着专程接送她。直到后来才得知，正是她的隔壁邻居周先生特地为她安排了这样的贴心服务。放学后，周先生的家是薇拉回家的必经之路。让她感动的是，每天周先生都会让小薇拉先到自己家去吃点东西

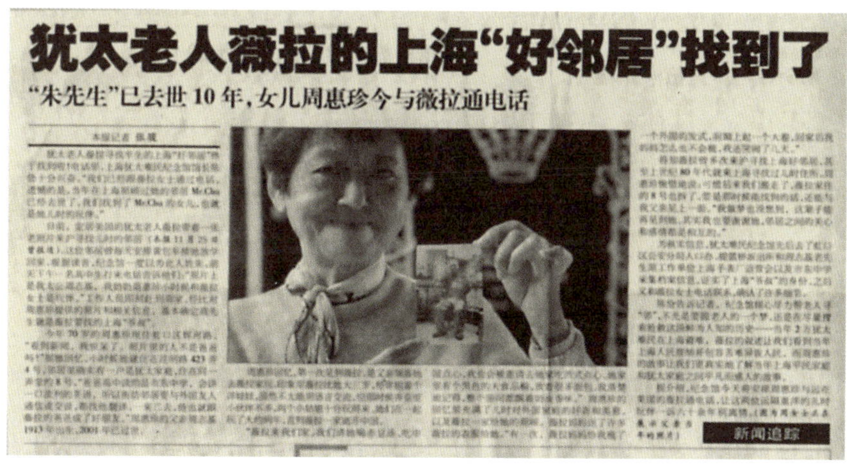
犹太老人薇拉的上海“好邻居”找到了

“朱先生”已去世10年，女儿周惠珍今与薇拉通电话

新闻追踪

解放日报报道犹太“女孩”寻找上海“爷叔”的新闻

“上海爷叔”之女周惠珍与薇拉进行视频通话

再让她回自己家吃晚饭，而周先生家的经济状况也并不宽裕。薇拉在嘉道理学校的同学虽然和她一样都是外国人，但她当时却能讲一口流利的上海话，因为经常会和弄堂里的中国小朋友一起玩耍，这其中也包括周先生的孩子。因此，她笑称当时成为很多人的“翻译”。薇拉表示，她至今仍对周先生一家有着深深的感激和思念，希望有朝一日能联系上他们。

薇拉的阿姨曾在华德路舟山路口开了一家餐厅（现已作民居用），她兴奋地告诉我们说，当时底层都是用餐区域，厨房在靠后的位置。一边说，一边还不忘把我们领上二楼，那里曾经是她阿姨居住的地方。

回忆起童年时的玩伴，她笑着问道：“你们知道彼得·迈克斯

(Peter Max) 吗？她可是我当年嘉道理学校的同班同学呢！”说着便拿出一张当年在教室前拍的集体照，迅速指向这位当今世界著名的艺术家。在薇拉的故事中，尽可以感受到她对上海这座城市的感激和留恋。

薇拉寻找上海爷叔，很快成了一条不胫而走的新闻。在社会多方的帮助下，上海犹太难民纪念馆终于找到了犹太“女孩”薇拉的上海“爷叔”周先生。

家住虹口区辉河路的周惠珍女士打来电话提供有关周先生的线索。据周女士回忆，她们家以前住在昆明路423弄4号，她们的邻居是一户犹太家庭。接到电话后，纪念馆工作人员随即来到周女士家进行采访核实。通过比照周女士提供的父亲照片和相关信息，工作人员已经基本确定周女士的父亲周志基就是薇拉所要寻找的上海“爷叔”周先生。

周志基，1913年4月14日出生，2001年6月18日过世，高中就读于市东中学，能说一口流利的英语。老周为人热情，所以街坊邻居要与国外友人通信或者交谈，都是请周先生帮忙翻译。她说，当时自己经常和住在同个弄堂8号的犹太小女孩薇拉一起玩耍，还经常被邀请去她家吃点心。犹太女孩的妈妈十分喜欢小惠珍，她们一家离开上海时还把很多薇拉的衣服送给她穿，而且那些衣服都做工精良，非常考究。周女士回忆说，那个时候薇拉在弄堂里的小伙伴并不多，但是和自己却十分玩得来，也不用太多的言语交流，两个小孩子就能很开心地玩在一起。

薇拉记得周先生有两个儿子和两个女儿，还依稀记得周惠珍的母亲当时怀着孕。她说，周先生总是一身中式传统服饰，而他的父亲却始终西装革履，是个很有风度的人。

上海虹口区公安分局等单位提供档案信息，证实了周惠珍女士提供的信息与档案信息完全一致，上海“爷叔”周先生就是周惠珍女士的父亲周志基先生。薇拉终于找到了上海爷叔。

（楼琪琦　韩易执笔）

犹太美女婚纱
回到上海娘家

The Wedding Dress of a Fair Jewish Lady Came Back to its Original Place Shanghai

“最美犹太女孩”贝蒂在上海度过了她人生中最珍贵的十年青春时光。那天，贝蒂带着女儿回到了70年前她生活过的旧居，并且承诺将把自己当年在上海结婚时穿过的手工制作的婚纱捐赠给纪念馆。“这里是我的家、我的地方。”

“The most beautiful Jewish girl” Betty spent the most precious ten years of her youth life in Shanghai. That day, Betty together with her daughter returned to her old home where she lived 70 years ago and promised that she would give away to the Museum her hand-made wedding dress which she wore when she got married in Shanghai. “This is my home, this is my place.”

去过位于虹口的上海犹太难民纪念馆的人一定会被一张照片深深吸引。这是一张二战时期的德国护照，护照上有3个刺眼的纳粹鹰徽图章，却掩饰不住图章下一个小姑娘可爱腼腆的脸庞——有人称她为“最美犹太女孩”。照片上的这个小姑娘贝蒂在上海度过了她人生中最珍贵的10年青春时光。上海的外滩、国际饭店和人民公园也见证了她甜蜜的婚恋。

那天，贝蒂带着女儿回到了70年前她生活过的旧居，并且承诺把自己当年在上海结婚时穿过的手工制作的婚纱捐赠给纪念馆。“This is my home, this is my place.”（这里是我的家、我的地方。）我

贝蒂夫妇的结婚照

要让陪伴我70年的婚纱回家。

一头银发的贝蒂坐在犹太难民纪念馆中，思绪却回到了1939年那个躁动不安的夏天。刚刚逃出德国的一家人惊魂未定地来到了这片完全陌生的土地，这里的人民友好吗？生活如何？等待着他们的又将是怎样的命运？

看过电影《辛德勒的名单》，熟知纳粹德国迫害犹太人历史的人可能一直都会有疑惑，为什么当年的犹太人老老实实地“配合”纳粹登记，难道就不能撒个谎坚决否认自己是犹太人吗？“这几乎是不可能的。”贝蒂给出了这样的解释，在大规模迫害犹太人之前

“爱心婚纱”是贝蒂一家爱情的见证，也是犹太人在上海生活的珍贵纪念物

贝蒂带着女儿回到了曾经生活过的老房子

的"和平时期",其实纳粹当局就已经有完善的人口调查资料,各城市的犹太人名单和个人信息资料都已经被完整掌握,希特勒开始蓄谋已久的排犹活动时,实际上只要照名册"点名"就行了,犹太居民几乎无法"谎报"。而对贝蒂一家来说,他们的姓氏"Kohn"又是一个典型的犹太姓氏,更难以蒙混过关。

贝蒂说,纳粹当局还怕会有"漏网之鱼",1938年又强行规定,所有犹太女子的中间名必须加上"莎拉",犹太男子的中间名必须加上"以色列",以使纳粹当局一眼就能识别犹太人。

贝蒂一家逃离德国的过程也惊心动魄。1939年6月,纳粹当局已经确定要"约谈"贝蒂的父亲,让他到指定地点报到。就在指定报到日期前的两天,她父亲通过重金贿赂,买到了4张日本轮船的船票,带着一家四口坐船逃到了上海。到上海不久,第二次世界

参观虹口的犹太难民纪念馆

大战就爆发了，那时犹太人再要想从德国逃出来那真是难于上青天了。

但是贝蒂家族还有很多人没有逃出来，而是留在了德国，例如她的爷爷奶奶、外公外婆和其他亲人。战后他们才得知，留在德国的众多亲人中只有两个人幸存，其余都被杀害。

刚来到上海的贝蒂一家租住在现在的舟山路一带。那里有很多犹太人设计并建造的房屋，曾经为百余户的难民提供过住宿。由于当时来沪的犹太难民中有众多的工程师、建筑师等技术人员和艺术家，舟山路的建筑在功能和形式上都达到了相当高的水准，红砖墙面，所有的门套、窗套都采用红砖砌成半圆拱形。

舟山路当年开着很多欧式咖啡馆和餐厅，有“小维也纳”之称，直到现在仍能看到当年的影子。不过当年刚到上海时，贝蒂父亲身上的钱只够租一间小房间。起初他们的一日三餐还要靠当地的犹太人组织救济，直到父亲找到工作后，才能勉强维持一家人的生计。

“我们刚到上海时，还幻想着能够早点回欧洲，毕竟那里还有很多亲人，但战争爆发后，我们发觉再也回不去了。”当时年仅9岁的贝蒂进了著名犹太商人嘉道理在上海创办的学校，随后又转入另一所犹太学校。

好景不长，太平洋战争爆发后，日本人占领了整个上海，并且把所有犹太难民都统一赶到了一块“隔离区”，要离开隔离区还要向日本人申请通行证。“那时生活条件很艰苦，经常吃不饱，卫生条件也不好，夏天很闷热，十几户人家却只能共用一个浴室。”

展示年轻时的照片

70年后，贝蒂带着女儿回到了曾经生活过的舟山路51号二楼的一间大约20多平方米的房间。“我们一家四口当时生活在这间房间，卧室、客厅、厨房都在这一间房间里。”几十年过去了，房间的整体格局并未发生大的变化，房顶依然能看到精美的雕花装饰，贝蒂当年睡觉的位置现在依然放着张床，而阳台更是完全一模一样。最大的改变是现在有了现代化的家用电器，如电视、冰箱等。“我住在这里的时候，我们家电器只有一台收音机，连电扇都没有。”

尽管生活很艰苦，但是贝蒂回忆在上海的生活时说，和那些上海邻居们相处得很开心。“他们从不问我们从哪里来，也不会歧视我们。”战争期间，曾经有一次轰炸，炸弹掉在了犹太人的隔离区内，造成了大量伤亡，附近的中国人也被波及，但中国人和犹太人互帮互助、救死扶伤，令她非常感动。

在犹太难民纪念馆的馆藏物品中，有一张1948年贝蒂夫妇的

贝蒂携女儿回到上海

中文结婚证书。这张充满浓郁中国风的结婚证书不仅写着结婚人的名字，还要填上证婚人和介绍人的大名。

贝蒂和奥列格（Oleg Grebenschikoff）是在上海相识相爱并结为终身伴侣的。奥列格是俄罗斯人，很早就随家人移居上海。战争结束后，一次贝蒂去游泳，身为救生员的奥列格被这位美女所吸引，忍不住上前搭话，问是否需要教她游泳，就这样两人在泳池“来电”了。和很多上海年轻人一样，他们在外滩散过步，在和平饭店约会过。

相识两个月以后，两人就领证结婚了，婚后去杭州度蜜月。

被浦江两岸新貌吸引

与外滩建筑群合影

1950年，夫妇两人先是移居澳大利亚，最终定居美国，两人育有四女一子，如今的贝蒂已有7个孙辈和4个重孙辈了。

“我们当年办了两场婚礼，一场宗教婚礼和一场中式婚礼，最后的喜酒是在国际饭店办的。”奥列格的母亲在南京路经营一家洋装店，两人结婚前，她用珍贵的法国绸缎亲自为儿媳手工制作了一件婚纱。这件婚纱最终成了贝蒂一家的“传家宝”，贝蒂的两个女儿都曾经穿着妈妈的婚纱举行过婚礼。陪同贝蒂来沪的艾琳就是其中之一。她风趣地说：“我从小就看中它了，一直盯着它，从来就没想到要其他礼服。”

贝蒂婆婆当年亲手制作的这件“爱心婚纱”是贝蒂一家爱情的见证，同时也是犹太人在上海生活的珍贵纪念物。当年那位“最美犹太女孩”决定把婚纱留给上海的家。

（黄媛根据《新闻晨报》整理改写）

犹太难民结婚
家父担任主婚

My Father Presided over a Wedding between a Jewish Couple

市民王纪明在参观上海犹太难民纪念馆时，惊奇地发现一张犹太难民结婚证上主婚人一栏竟然写有父亲王振福的名字，由此回忆起乐于助人的父亲与犹太邻居们友好交往、互相帮助的往事，以及小时候与父亲到犹太朋友家做客的温馨场景。

Wang Jiming was surprised to see his father's name — Wang Zhenfu on the column of wedding ceremony presider on a Jewish refugees' marriage certificate when he visited Shanghai Jewish Refugees Museum, which reminded him of the past days when his obliging father exchanged friendly communications and helped each other with his Jewish neighbors and the heartwarming scenes that his father took him to visit his Jewish friends.

2013年一个平常的日子，信步于虹口街头。一切是那么的陌生却又那么的熟悉。旧日的提篮桥，如今的北外滩，正甩开膀子迈着大步追赶着时代的步伐，众多的历史文化建筑点缀于林立的高楼大厦之中，给这片生机勃勃的土地平添了一份凝重与典雅。昔日的摩西会堂，今天的上海犹太难民纪念馆便是其中的代表之一。

走进修缮一新的纪念馆，仿佛走进了时空的隧道。70余年那一道人性的光芒在一张张泛黄的照片、一段段感人的文字间闪烁。忽然，一个无比亲切和熟悉的名字映进了眼帘，王振福，那不是家父的名字么，怎么会出现在这张犹太难民的结婚证上呢？我有点不相信自己的眼睛，又仔细瞧了瞧，那端庄遒劲的字体再熟悉不过

摩西会堂里的一次婚礼

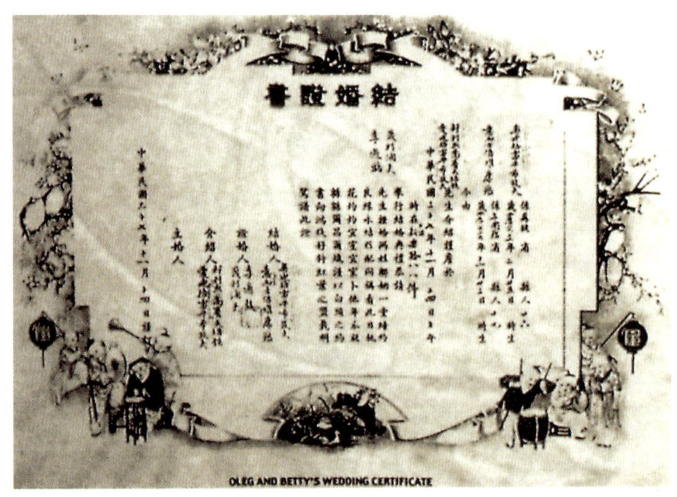

中国式结婚证书

了,不是父亲又能是谁呢。

我父亲王振福出生于1914年,从小生活在虹口的唐山路舟山路一带,因在教会中学打下了良好的英语基础,毕业后在美孚石油公司供职。这张结婚证上的时间显示为民国二十九年七月六日,即1940年的7月6日,其时26岁的父亲风华正茂,乐于交际。当时虹口的唐山路舟山路一带正是犹太难民的集聚地,现在想来,英语较好且又与这些来自欧洲各国的犹太难民比邻而居、和蔼善良的父亲作为他们的朋友乃至主婚人应该是顺理成章的事。在那个战争阴云密布的年代,41岁的奥地利籍犹太人Hencuph Welarly (中文名魏侯超) 如何历尽艰险逃脱纳粹法西斯的魔爪、来到同样灾难深重的中国,我们不得而知,而能在上海这片包容、友善的土地上重获生机,并与35岁的中国妇女王兰英在患难中结为夫妇,一定有着一段非常曲折感人的故事。无论是作为他们的邻居还是朋友,我

1942年在上海颁发的中国式犹太人结婚证书

的父亲能伸出援手，为飘零于异国他乡的Hencuph Welarly主婚，更印证了艰难世事中上海人民和犹太难民的和睦相处。

父亲已于20世纪60年代因病过世，当年那些与犹太难民的友情以及和他们交往的故事随着岁月而流逝。但是，这张结婚证也勾起了我幼年时的点滴回忆。结婚证上明白无误地写着，婚礼的举办地是塘山路五福里26号，即现在的唐山路635弄26号，如今仍称五福里，而那正是我出生的地方。那时的五福里是个华洋杂处、容纳四海的地方，这条石库门弄堂里的居民不仅有中国人，还有许多犹太人，甚至日本人、印度人、朝鲜人等。我家一楼客堂间就居住着一对犹太夫妇，大约在1947年左右他们离开了上海，曾经住过的客堂间也归我家租住。记得五六岁的时候，有一次我父亲领我去长治路公平路的一位犹太难民家做客，在那里，我第一次知道了什么叫下午茶，第一次喝到加了牛奶白糖的红茶，刚烤好的“罗宋”

曾居住在阁楼上的小男孩——列文斯基·齐恩的父亲曾经在摩西会堂做杂役

原摩西会堂四层阁楼的居室内景

面包更是让我馋涎欲滴！这么好吃的面包，我可不舍得一下吃完，见我要将面包放在口袋里带走，那位犹太男主人笑眯眯地看着我，让我放开肚子吃，并且装了满满一袋让我带回家。

70年的岁月匆匆而逝。也许，在犹太难民家喝过下午茶的上海小孩已绝无仅有，但普通上海老百姓与犹太难民真情交往的故事将永久流传。

(黎犁根据市民王纪明来信整理)

上海犹太母亲
特别热爱上海

The Intense Affection of the "Jewish Mother of Shanghai" towards the City

被誉为“上海犹太母亲”的沙拉·伊马斯是犹太人在上海的后裔。1992年，她带着3个孩子移居以色列。经过10年的艰苦奋斗，她不仅以世界第三大钻石公司罗斯蒂克兄弟钻石有限公司驻中国地区首席代表的身份回上海定居，更是把3个子女全都培养成为优秀人才。见证了上海的友善、包容和博爱的沙拉，以一颗赤诚之心回报生她养她的土地。

Sara Imas, known as the “Shanghai Jewish mother”, is a Jewish descendant born in Shanghai. In 1992 she took her three children to settle down in Israel. It had taken a decade of hard work for her to obtain the position as the Chief Representative of Lustig Brothers Diamond Co., Ltd.,—the third largest diamond company in the world—of the Great China area, with which she came back to Shanghai later. Also all her three children had become outstanding talents under her cultivation. As a witness to the friendliness, tolerance and fraternity of the Shanghai city, Sara now repays the beloved land, on which she was born, with a sincere heart.

沙拉·伊马斯

1950年1月，一个大眼睛、黄头发的漂亮女婴在上海黄浦江畔呱呱坠地，老来得子的父亲欣喜若狂，给宝贝女孩起名“沙拉”。这个当年的漂亮女婴，就是如今那个不知疲倦地奔波于全国各地，写诗、出书、演讲、做报告、做义工，被誉为“上海犹太母亲”的沙拉·伊马斯。作为犹太人在上海的后裔，并且闯出一番事业的，沙拉·伊马斯是唯一的一个。

沙拉·伊马斯的父亲列伊·伊马斯是一位居住在德国和波兰边境的犹太商人。1939年，第二次世界大战期间，随着德国纳粹残害犹太人的行径加剧，54岁的他辗转逃难，爬过边境的重重铁丝网绕道西伯利亚，来到传说中的“上海方舟”。包容、友善的上海接纳了他，而他也凭着犹太人的聪明精干和吃苦耐劳，渐渐在上海站稳了脚跟，并开了一家经营酒类、地毯生意的商铺。生活渐渐富裕后的老伊马斯娶了家中的年轻保姆为妻。新中国成立后，他没有像大多数来上海避难的犹太人一样纷纷离去，而是选择留下并见证了女儿的诞生。

在父亲的陪伴和教育下，沙拉度过了人生最幸福的童年和少年时代。12岁时，父亲猝然离世，母亲早已改嫁，沙拉的生活一时

沙拉在讲述父亲的苦难经历

陷入困顿。“文革”中，身为犹太后裔的沙拉被人赶出家门，还被剪掉了天生卷曲的头发，勉强读到初一就被迫辍学。20岁时，她终于成为上海铜厂一名靠体力吃饭的普通女工。磨难给了她勇气，生活教会她坚强。这个身体里淌着犹太血液的中国女人用不屈迎接命运的挑战，用顽强为自己撑起一片天空。

1992年，沙拉不顾朋友们的劝阻，决定移居当时还笼罩在战争硝烟之中的以色列。在举目无亲的以色列，不会希伯来语她就拼命苦学，找不到工作就以卖上海春卷为生，经过无数次的努力和失败，终于成功站稳脚跟，开辟了自己的事业天地。作为第一个从中国返回以色列的犹太后裔，她受到时任以色列总理拉宾的亲切接见。2002年，在以色列整整生活和奋斗了10年的沙拉，以世界第三大钻石公司罗斯蒂克兄弟钻石有限公司驻中国首席代表的身份回

沙拉·伊马斯为EMBA学生讲述原生态家庭教育对子女的影响

上海定居。更难能可贵的是，她以犹太民族的教育理念，用“特别狠心特别爱”的教育方式，把3个子女全都培养成了优秀人才。大儿子以华2001年服完兵役后进了以色列劳工部，现在香港工作，二儿子辉辉已是一名成功的钻石商人，如今两个儿子都早已是千万富翁，而正在读大学的小女儿立志当一名出色的外交官。

也许是遗传了犹太民族和中华民族双重的优秀基因，沙拉的一双大眼睛透着智慧和精干，或是吴侬软语，或是标准普通话乃至各地方言，沙拉甚至比大多数上海人还要说得流利和标准。说到爱虹口、爱上海、爱国家，在两个不同社会制度国度生活过的沙拉，同样不输于任何一位纯粹中国血统的同胞。她在好多场合满怀深情朗诵过的那首名为《选择中国》的诗歌，便是她发自肺腑的心

沙拉·伊马斯朗诵诗歌《选择中国》

声。作为一名虹口区的政协委员，即使社会工作再多再忙，她总是以更充沛的精力和热情，尽心尽力履行自己的职责。参政议政她不当旁观者，快人快语，敢说敢言；提交提案反映社情民意时，关注社会和民生是她永远的话题。

这几年，热心公益的沙拉已成为上海滩上名声远扬的“上海犹太母亲”。她写诗、出书、做义工，她

沙拉·伊马斯所著《特别狠心特别爱：赢在家风》一书

演讲、朗诵、作报告，不知疲倦地奔波于全国各地。她以她的传奇人生和对祖国、对人民的大爱被山东卫视评为“中国十大孝子”，她的诗歌《选择中国》获得上海“中华诵·2010经典诵读大赛”综合组一等奖及全国总决赛特别奖，她的著作《特别狠心特别爱——上海犹太母亲培养富豪的手记》《特别狠心特别爱——赢在家风》畅销一时……作为上海及虹口的友善、包容和博爱的见证人，沙拉以一颗以赤诚的大爱之心，回报着生她养她的这片土地。

(黎犁执笔)

一把剃头刀
珍藏七十年

A Razor Treasured for 70 Years

一位奥地利犹太人在上海避难时，在李师傅的帮助下学会了理发技艺，并用一技之长帮助全家度过了艰难时光。他见证了善良的李师傅和上海市民为犹太难民提供的援助。他珍藏了70年的剃头刀，见证了犹太人的苦难历史，也是他对上海最好的纪念。

A Jewish Austrian acquired the hair dressing skill with the help of Mr. Li when he took refuge in Shanghai. With this skill, he managed through the hard times with his family. He is a witness of the kind help provided for Jewish refugees from Mr. Li and many other Shanghai people. The razor he treasured for 70 years has witnessed the miserable history of the Jews, and is also the best souvenir for his affection of Shanghai.

奥地利，维也纳，一条古朴整洁的小街的尽头，便是海茨·罗生福先生的家了。

如今在维也纳，曾经在上海避难的犹太人大多已人到暮年。也许是人老了容易怀旧，也许是为了那份割不断的“乡愁”，他们会不定期地聚在一起，聊聊当年，聊聊上海。我就是在他们举办的一个小型聚会上结识海茨·罗生福先生的。听说我是上海人，88岁的他显得特别高兴，用显然已很生疏但尚能分辨的上海话告诉我，“阿拉小辰光也是上海人。”有一天，这个可爱的老头忽然神神秘秘地告诉我，哪天有空让我去他家里看一件当年从上海带回来的“宝贝”。今天正好有点空闲，我就按着他先前给的地址找到了老先生的家。

海茨·罗生福先生躺在摇椅上，在午后的阳光下眯缝着双眼，见我真的来了，愣了一愣后颤巍巍地站了起来。嘴里喃喃自语道“宝贝，宝贝，对了，宝贝。”一边说一边蹒跚着走向一旁的壁橱。打开壁橱的大门，拉开其中的一个抽屉，老先生捧出了一个木盒子。打开木盒子，又抖抖索索地从盒子里掏出了个显然已很旧的布包。从布包拿出来的哪里是什么“宝贝”呀，分明是一把我们小时候在理发店里常见的那种有着一个小黑木柄的剃头刀。

海茨·罗生福先生让我坐在他的对面，再一次讲起了他“小辰光”在上海的故事。其实在前几次的叙谈中，我已经对他当年在上海的经历多少有所了解，但老先生要讲，我也不能拒绝他的好意。也就是在老人家中看“宝贝”的这次，我对海茨·罗生福先生一家在上海避难时期的经历，有了一个更清晰和完整的了解。与全家

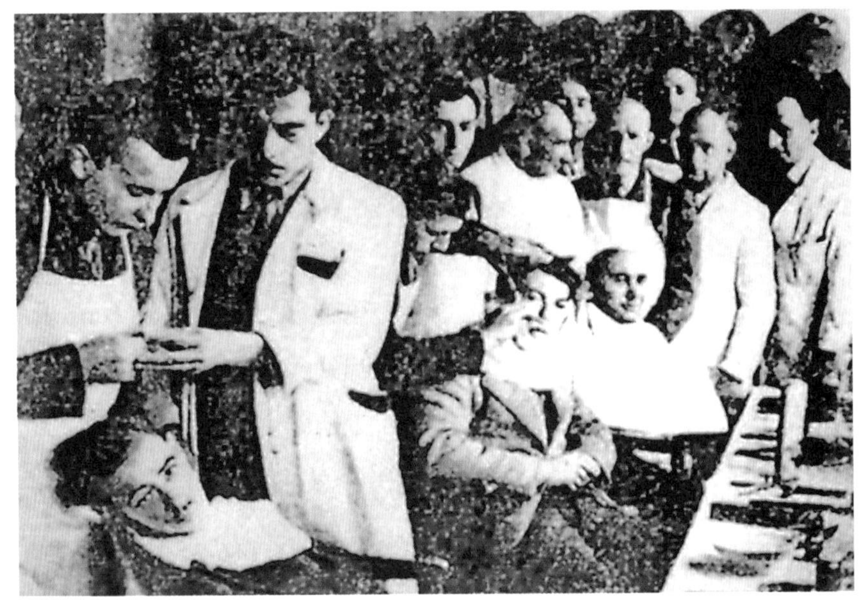

当年的理发培训班

一起从维也纳逃到上海避难时，海莰·罗生福还只是一个十多岁的小男孩，当时他爸爸没有工作，全家人靠犹太难民救济会的救济度日，生活相当艰苦。每天下午三四点钟，他的母亲就会让他到舟山路附近的一个菜场去买一些土豆、西红柿之类的蔬菜，因为这个时候快收摊了东西会便宜一些。于是每天下午小海莰就会到菜场附近等着收摊时间的到来。为了打发时间，他就在菜场附近东逛逛、西看看。菜场附近有一家中国人开的理发店，每次看到剃头师傅拿着刀，在一块又黑又油、长长的布条上来回蹭的时候，他都会睁大好奇的眼睛。一来二去地他就和剃头师傅混熟了，凡去菜场必先到理发店里玩一会儿。那个剃头师傅姓李，是个扬州人，看

虹口隔离区内一条难民聚居的弄堂

着这个长得洋娃娃似的外国小孩可爱，便经常摸着他柔软的黄头发说笑话逗他。一天，李师傅将一把新的剃头刀递到小海茨的手上，笑道："你一个外国小伢子天天来我理发店，看来是要偷学手艺啊？喏，这把刀就给你了，你自己慢慢练去吧。"李师傅的一番话启发了海茨·罗生福，"现在家中这么困难，我何不也学门理发的手艺，以贴补家用呢？"于时，他到理发店来不再光是玩了，而是用心地看着李师傅如何给人剃头，给人刮脸，回到家再反复练习。先是免费给周围的犹太小孩们理发，慢慢地一些大人也来光顾了，于是就让客人们随意给点钱。技术渐渐熟练后，海茨·罗生福添置了一些简单的理发工具，真的在家中开了一个小小的理发店。正是

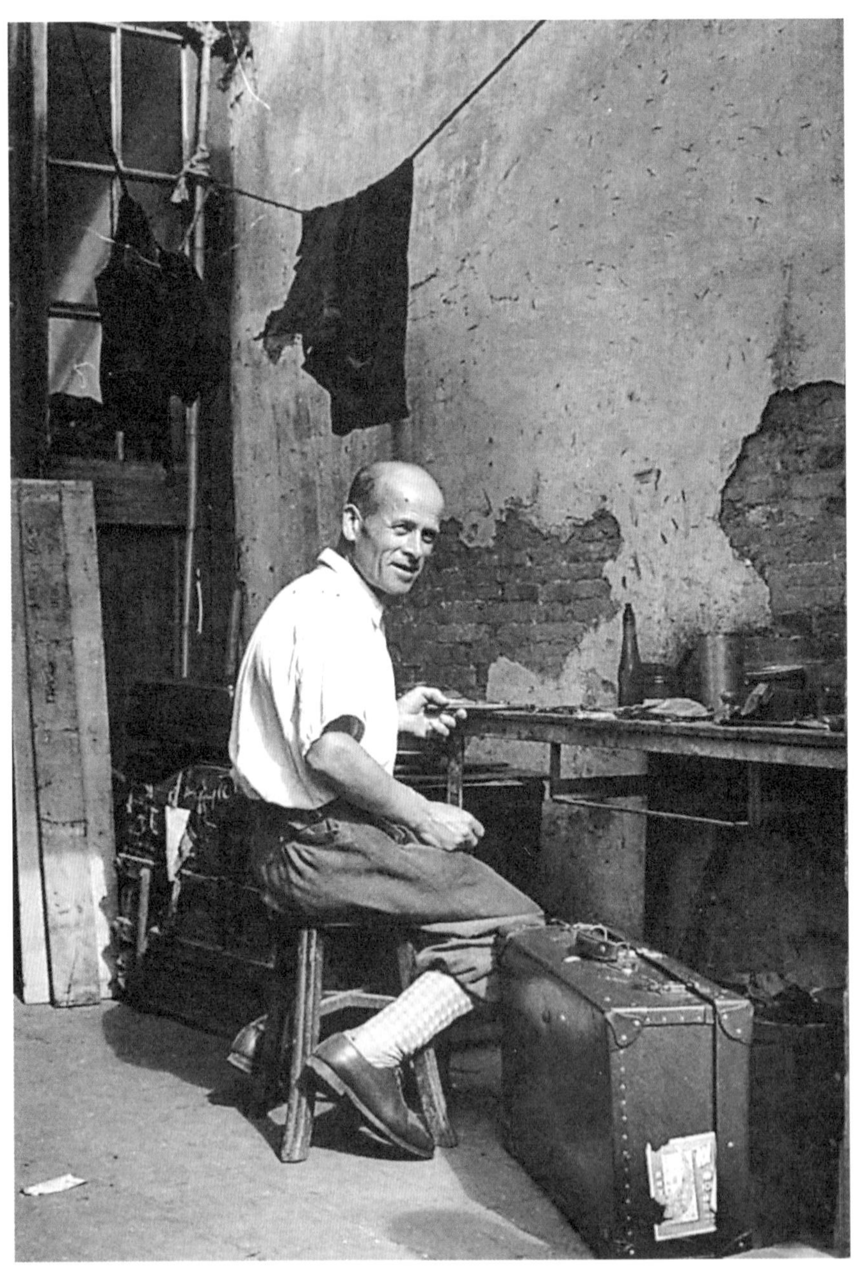

犹太难民工匠在他的工作室

这个简陋的理发店帮他们一家渡过了在上海最困难的一段日子。

“李师傅真是个好人啊！我还经常看到他带着徒弟们免费为犹太难民们理发呢。”二战胜利后，海茨·罗生福先生离开上海时，带上了这把帮他们一家渡过难关的剃头刀，并一直珍藏到了今天。他说，这把来自中国、来自上海的普通的剃头刀是他的“宝贝”，不仅因为它见证了犹太人当年的苦难历史，也是对他自己的青少年时代、对上海最好的纪念。

（黎犁根据旅奥艺术家陆志德口述整理）

为了一句承诺
三代护书千册

Three Generations Preserved 1,000 Books in Fulfilment of a Promise

70年前，上海市民林道志一家受一位即将离开上海的犹太学校校长卡尔的委托，代为保管一千余册图书。70年来，林家三代人坚守承诺，历尽艰辛，全力护书，他们的故事感动了无数人。

Seventy years ago, the family of Lin Daozhi in Shanghai was entrusted by the Principal of a Jewish school, who was to leave Shanghai, to keep over 1,000 volumes of books. The three generations of the Lin family have kept Lin Daozhi's promise to keep the books despite of all the difficulties they have encountered in the past seventy years. Their story has touched numerous people.

林道志先生

70年前，家住东长治路805弄的林道志一家受一位即将离开上海的犹太学校校长委托，代为保管1 000余册图书。70年来，林家三代人历尽艰辛，全力护书，只为了当初的一句承诺。

潘碌是这批图书的第二代保管人。据她回忆，图书最早是由她的公公林道志接收的。二战时期，林道志是慕义教会学校的校长，乐善好施的他免费招收了许多贫困人家的孩子，其中也包括不少在上海避难的犹太孩子，并因此和一位名叫卡尔的犹太学校校长结识。

慕义学校当时的房子

慕义学校的学生

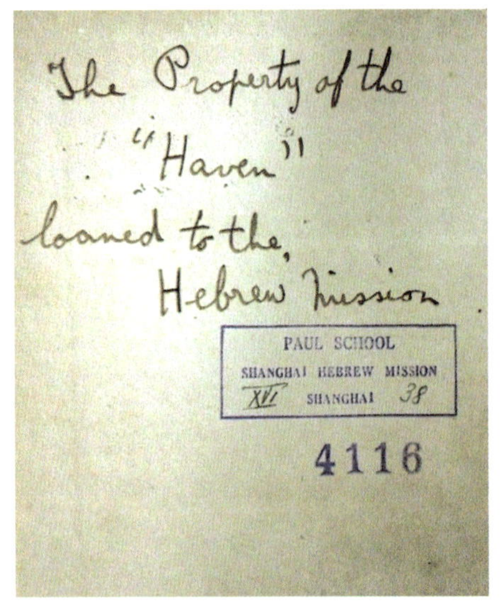

The Property of the
"Haven"
loaned to the
Hebrew Mission

PAUL SCHOOL
SHANGHAI HEBREW MISSION
XVI SHANGHAI 38

4116

犹太校长托管的书的扉页上，所盖图章字样

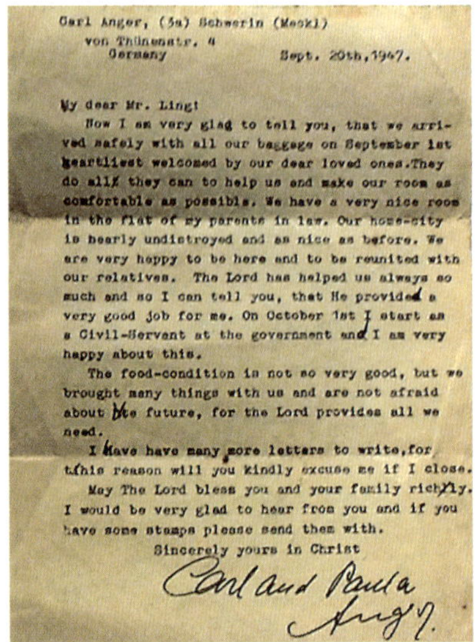

Carl Anger, (3a) Schwerin (Meckl)
von Thünenstr. 4
Germany Sept. 20th, 1947.

My dear Mr. Ling!

Now I am very glad to tell you, that we arrived safely with all our baggage on September 1st heartliest welcomed by our dear loved ones. They do all they can to help us and make our room as comfortable as possible. We have a very nice room in the flat of my parents in law. Our home-city is hearly undistroyed and as nice as before. We are very happy to be here and to be reunited with our relatives. The Lord has helped us always so much and so I can tell you, that He provided a very good job for me. On October 1st I start as a Civil-Servant at the government and I am very happy about this.

The food-condition is not so very good, but we brought many things with us and are not afraid about the future, for the Lord provides all we need.

I have many more letters to write, for this reason will you kindly excuse me if I close.

May The Lord bless you and your family richly. I would be very glad to hear from you and if you have some stamps please send them with.

Sincerely yours in Christ

Carl and Paula
Anger.

犹太校长卡尔夫妇在1947年写给林道志先生的信函

1945年，卡尔在准备离开上海之际，把一批英语、德语和希伯来语图书寄放在林道志家。他告诉林道志，等自己在外安顿好后，一定会回来拿书的。

当时，时逢抗日战争末期。林道志一家居住的东长治路805弄正好邻近日本人的军火库。时局之下，书籍非常容易被战火牵连，遭受毁坏。为了让图书免于战火，林道志雇用了10余名挑夫，冒着战火，举家一路坐船将书护送回位于浙江黄岩的老家。小船一路躲过战火夹击，在即将抵达黄岩之时，却遭遇了劫匪的伏击。眼看劫匪的船越逼越近，林道志一家情急之下，和船夫一起升帆、划船，奋力向上游划去。最终，借助风力，侥幸躲过了追堵，这才将书妥善送到了相对安全的乡村老宅。抗战结束后，生怕卡尔会回来找书，林道志再率领家人一路将书护送回了东长治路805弄，等待主人的出现。

然而，这一等便是20多年，时间转眼到了“文革”时期。当听说林家藏有一大批外文图书后，红卫兵来到林家抄家，并将图书搬到小区广场，准备焚毁。眼看一家人在抗战中冒着生命危险保存下来的图书即将付之一炬，林道志和小儿子林尚义悲痛难忍，跪在书前，苦苦哀求，希望红卫兵能手下留情。此时，突然狂风大作、暴雨如注，红卫兵原本准备点燃书籍的引火怎么也燃不起来了，只好暂时放弃了烧书计划。事后，林道志和林尚义一起奔走了多个政府部门，取得了有识之士的暗中支持，最终得以将书暂时封存在家中。这才让这千余本图书躲过了“文革”劫难。

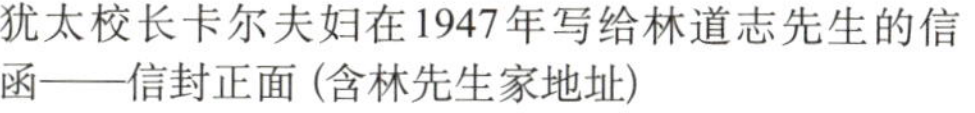
犹太校长卡尔夫妇在1947年写给林道志先生的信函——信封正面（含林先生家地址）

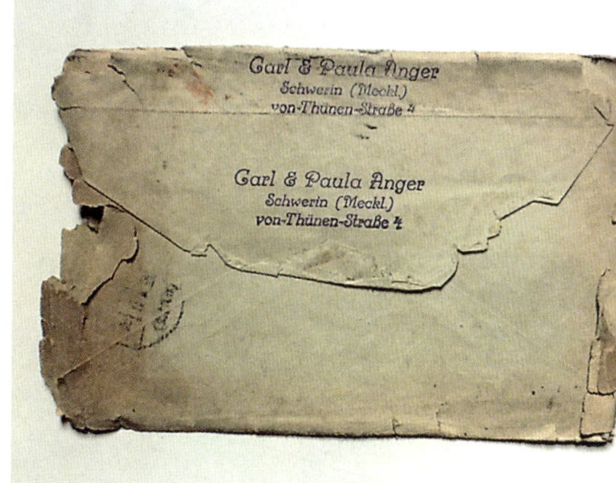

犹太校长卡尔夫妇在1947年写给林道志先生的信函——信封反面（含犹太校长卡尔的地址）

林家保管了70多年的书籍

林家保管了70多年的书籍

1981年，弥留之际林道志还惦记着这些书，反复嘱咐小辈，“他说会来拿，就一定会回来拿的。”老人去世后，林道志之子林尚义和儿媳潘碌、林道志的外孙孙礼德一起接过了护书的工作。他们将一间亭子间打造成储书室，专门存放图书。由于老房子多白蚁、鼠害，他们还为储藏书架量身打造了密封板。历经风雨岁月，这千余册图书虽然已经纸页泛黄，但基本保存完好，有的图书的彩印和照片依然清晰可见。

一天，一家人在整理林道志的遗物时，发现了几封从德国邮寄来的信件和明信片，明信片上还有卡尔和妻子的照片，并附有一张由林道志手写记录的卡尔位于德国东部老城什未林 (Schwerin) 住址的纸片。然而，由于时隔久远，这个地址经查询已不复存在。因

犹太校长卡尔夫妇在1947年写信给林道志先生的明信片

林家后人委托纪念馆寻找书籍主人

此，林家人希望能通过媒体发布信息，找到卡尔先生的后人，将图书物归原主。虹口区外事办获悉此事后，通过德国驻沪总领事馆在德国当地开展查询工作。

林家护书的故事经国内媒体报道后，引起了德国当地媒体的关注，德国电视二台同步报道了这个发生在中国的真人真事。中国人的诚信感动了德国人，一些热心的德国人和中国志愿者取得了联系，一起发起了寻找工作，期望为这个坚守了68年的诚信故事画上圆满的句号。这些志愿者中就包括上海犹太难民纪念馆志愿者杨梦和德国人索尼娅(Sonja Muehlberger)。杨梦把林家人在整理旧物时发现的卡尔的德国地址、老照片、信件等翻拍成电子文档，通过电子邮件发给索尼娅，再由索尼娅根据线索在当地开展寻

馆长前往德国驻沪总领馆寻求帮助

找。然而，由于时隔久远，老城什未林的街道几经更改、换名，当年的地址已经不复存在。为了重新梳理线索，索尼娅翻找了前犹太难民名单，在名单中找到了“卡尔”其人。资料显示卡尔于1898年10月出生于什未林，年轻时候曾做过工商业学徒。二战时期，卡尔为了躲避纳粹的屠杀，于1939年3月6日抵达上海避难。这些资料都与林家人提供的信息吻合。随后，索尼娅根据线索，走访了德国当地的前犹太难民民间组织，联系到了一些曾与卡尔有过接触的热心人，一点点拼凑出卡尔回到德国后的生活情况。最终，索尼娅在什未林找到了卡尔和夫人的合葬墓。

“这至少是一个安慰。”收到这个来自德国的消息后，林家第三代护书人孙礼德虽然感到有些失望，但同时也感到一丝欣慰。他

向德国驻沪总领事馆展示相关物件

说经历了漫长的等待，这件事情终于有了突破性的进展，“至少对我们家已经去世的几位长辈来说，是一个迟到的安慰。”虽然把这些图书交还卡尔的愿望已不可能实现，但林家三代人坚守承诺，历经战乱和动荡为前犹太难民卡尔看护千余册书籍的故事感动了无数不同肤色的人。

（万彦执笔）

老上海人一碗茶
暖人心头七十年

One Bowl of Tea from a Shanghainese Keeps Alive
70 Years of Heart-Warming Memories

70多年过去了，一位原犹太难民先生依然将这位素不相识的上海长者在他酷暑难挡之时送了一碗茶，帮他解暑之事牢记于心，甚至为此而改变了他一生的习惯。直到今日，他还是会在每天下午喝上一杯中国的绿茶。

In spite of the fleeting time, as fresh as ever is one Jewish refugee's memory about a senior Shanghainese who was a complete stranger to him and who gave him a bowl of tea in the baking hot summer to relieve the summer heat over 70 years ago. He even keeps it a lifetime habit to drink a cup of Chinese green tea every afternoon.

陈黎明与科特·施莱辛格（右）

2014年金秋的一天，一位戴着眼镜、身材魁梧的中国男子——陈黎明先生来到了上海犹太难民纪念馆，讲述了他与犹太老人科特·施莱辛格先生的友谊及二战时期施莱辛格先生一家在上海避难的故事。

陈先生与科特·施莱辛格先生因偶遇相识在1987年1月的上海虹桥机场候机厅。当时机场尚未有外语广播，而施莱辛格先生正为误点的飞机急得不知所措，在外贸公司工作的陈先生主动迎上前去，帮助翻译解释。陈先生的热心和流利的德语赢得了施莱辛格老人的好感，当老人知道陈先生是上海人后，更成了无话不谈的好朋友。他们的友谊一直延续了近30年。

1939年，为了逃避纳粹大屠杀，施莱辛格先生13岁时跟随父母、哥哥一家四口万里迢迢从德国来到了上海。母亲因贫病交加在上海不幸去世，战后父亲和哥哥于1947年离沪去美国，而他因为母亲的去世和没有合法身份证明单独留在了上海，直至1950年他才得以重返德国汉堡。

从少年到青年，施莱辛格先生经历了死亡威胁、无处可逃、漂泊他乡、母亲离世的苦难，这种刻骨铭心的经历让他对拯救和接纳他们的上海非常热爱，对帮助过他们的中国上海人充满感恩。每隔两年施莱辛格夫妇必定回一次上海，每一次回上海一定让陈先生陪伴去寻找和重温他当年生活过的足迹。从“百老汇”到“小维也纳”(舟山路)，从嘉道理学校到难民医院，老上海虹口的每一条路、每一个街景他都了如指掌，如数家珍。更令人称奇的是老先生对当年上海人的生活习惯和点滴帮助依然记忆犹新，时刻铭记在

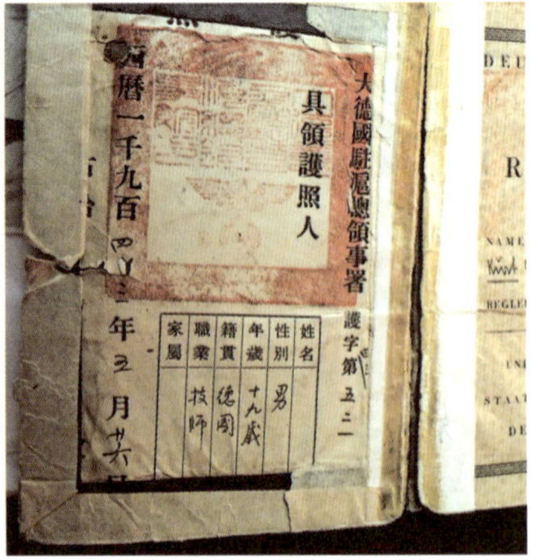

施莱辛格当年的护照

心。陈先生给我们讲了一碗茶的故事。

上海的夏天对于远道而来的欧洲人来说十分难受。这些欧洲人因为不同的生活习惯，不会因天气炎热而在弄堂或马路边乘凉。当时他们全家住在日本人限定的“隔都”的舟山路上，每天下午都要路过提篮桥监狱。夏天，经过大半天烈日暴晒，监狱的外墙和地面就像炉子上的铁板，赤脚通过这段路几乎就是一种灾难。当时，许多中国人因为生活非常困难没钱买鞋，几乎也都是打着赤脚经过这个路段的。但是相比之下，中国人赤脚走在滚烫路上的淡然与他小心翼翼害怕的模样形成了鲜明的对比。

有一天，一位中国长者看着他汗流浃背的样子，一边挥手一边用上海话大声叫道，“外国人，外国人……”起先他不明白为什么会冲着他这样叫着。后来看到老者的手势，才明白是招呼他过去。他头顶着烈日的炙烤，脚踩着被烤得火热的路面，硬着头皮慢慢地挨过去。当他走近后，长者随即递给了他一小碗棕色的热水(后来他才知道，这就是茶)。由于天气炎热，他花了不少时间才喝完这碗热茶。饮完茶，出了一身汗，反倒觉得天气没那么热了，走在滚烫的路面似乎也轻松了许多。

自此，他知道中国人再热的天也是喝热茶的。他甚至觉得夏天喝热茶也许就是中国人面对滚烫马路不胆怯的原因，或许甚至造就了中国人面对困难和挫折的忍耐、坦然和淡泊。

70多年过去了，施莱辛格先生依然将这位素不相识的上海长者在他酷暑难当之时送了一碗茶，帮他解暑之事牢记于心，甚至为此而改变了他一生的习惯。直到今日，施莱辛格先生还是会在每

施莱辛格先生

天下午喝上一杯中国的绿茶。

1997年后施莱辛格先生因健康原因再也不能回到他魂萦梦绕的故乡上海。为了表达他对上海的思念之情，纪念这段难忘的历史，在陈先生的鼓励下，他亲自打印了长达400页的回忆录，并写下“送给我的朋友”的赠言送给陈先生。

前不久在陈先生的陪同下，上海电视台专程赴德国汉堡采访了这位已经90岁高龄的曾经的上海老居民，相信不久后将有更多关于他的故事与大家见面。

感谢长者“一碗茶”的帮助！感谢千千万万当年像长者一样不知姓名的上海人、中国人，你们“一碗茶”、“一个馒头”的帮助，看似微不足道，但却让处在黑暗中的犹太难民看到了光明！感受到了生命的善良、温暖、美丽和希望！也感谢像陈先生这样的上海人、中国人，是你们的热心让这些即将被湮没的历史故事重现！是你们让中犹两国人民的友谊之花开得更璀璨！

(高智慧执笔)

铜牌纪念何凤山
上海放在中心点

Shanghai was Placed at the Center of the He Fengshan Monumental Bronze Medal

美国捐赠的何凤山纪念铜牌设计别具匠心，铜牌上用了三种语言来介绍何凤山的事迹，分别为中文、英文和希伯来文。英文从左向右；中文从上到下；希伯来文从右向左。“上海”两字放在纪念铜牌的中心点。

The design of the He Fengshan Monumental Bronze Medal denoted by the United States was ingenious. On the Medal, the story of He Fengshan was introduced in three languages, Chinese, English and Hebrew. The English texts were from left to right; Chinese from top to bottom; Hebrew from right to left; and the Chinese characters of “Shanghai” were placed at the center of the Monumental Bronze Medal.

在上海犹太难民纪念馆里有一块何凤山纪念铜牌，这是美国海外遗产保护委员会捐赠的。铜牌由美国著名的设计师、美国纽约著名学府帕森设计学院 (Parsons The New School for Design) 的毕春和设计。

在中国国际友好联络会和美国国务院海外遗产保护委员会主办的“纪念何凤山暨犹太难民生活——从维也纳到上海”图片展开幕式上，美方将纪念铜牌捐赠给了纪念馆。

铜牌是精心设计的，毕春和说，铜牌上用了3种语言来介绍何凤山的事迹，分别为中文、英文和希伯来文。整块铜牌左边是英文字体，阅读顺序是从左向右；中间是中文字体，阅读顺序是从上到

何凤山纪念铜牌设计者毕春和

何凤山纪念铜牌中文部分"上海"两字的位置居于正中

下；右边是希伯来字体，阅读顺序从右向左。这种设计方式互相呼应，充分表现了二战时期世界的一种冲突状态。

特别用心的是，美方提供的中文介绍是109个字，毕先生特意删除了一个中文字，使文章段落变为108字，这样，就能让"上海"两个字设计在整个碑文的正中央，以中心点来凸显在二战时上海救助数以千计的犹太难民所作出的贡献。

据有关历史资料，1938年，37岁的何凤山被任命为中国驻奥地利首都维也纳领事馆总领事。当时奥地利有约185 000名犹太人，九成居住在维也纳。而德国纳粹发出通告：犹太人若想活命，必须马上离开奥地利。但是美国和英国都严格控制犹太人前往，尤其是法国埃维昂会议后，32个与会国一致拒绝收容犹太难民。

何凤山是最早帮助犹太人逃脱纳粹魔爪的外交人员之一，被尊为“中国的辛德勒”。在将近两年的时间中，何凤山发放的“生命签证”难计其数。据统计，从1938年5月到10月的仅5个月中，何凤山就向奥地利的犹太人发放了1900多张前往中国的签证。

2007年9月28日，何凤山博士的纪念墓地就在湖南省益阳市落成揭碑，之后在上海落成了纪念碑。何凤山的女儿何曼礼在上海犹太难民纪念馆里展出的其父留下的弥足珍贵的数十张历史照片及“生命签证”，都是用以纪念二战时期犹太难民在上海的那段历史。

（李惟玮　韩易执笔）

我家六位犹太房客
个个都是手巧艺精

The Six Families of Jewish Lodgers in My House were All Dexterous and Skillful

为帮助犹太难民，不少上海市民腾出房屋供他们居住。全富荣、张招娣夫妇家就住进了6户犹太房客。房客们的日常生活反映了犹太人的勤劳与聪明，在艰难岁月里，上海市民与犹太朋友们同甘共苦。

Many Shanghai people spared rooms for Jewish refugees to help them. The couple, Quan Furong and Zhang Zhaodi received six families of Jewish lodgers in their house. The daily life of the lodgers was a reflection of diligence and intelligence of the Jewish people. They shared happiness and sorrows with Shanghai people in hard times.

1942年，我们家搬到了虹口提篮桥地区的霍山路，当时这儿的犹太人还不是很多。到了1943年2月，日本占领军下令，凡1937年后来上海的犹太难民必须迁入他们设在提篮桥地区的“隔离区”，这里的犹太人就越来越多了。

我们家的房子是英商建造的，从外表看颇有点欧美风情。我们当时买下了一幢，还借了隔壁一幢。我们全家住在租来的房子里，买下的那一幢就用来出租。一共有6家犹太人租借在我家的房子里。两对犹太夫妻、一个中年妇女、一个姑娘和一个老太太……他们似乎都没有小孩，或者有可能孩子没有一起逃到上海。记得当年有个犹太男人长得胖，我们给他起了个外号，叫“fat man”。他们一般一早就出门上班了，早出晚归，平时见了我们也就点点头算打招呼。他们吃得很简单，就是面包、土豆之类的，再弄个汤。用的是珐琅瓷盘，还有高脚玻璃杯，都是自己带过来的。跟我们中国人起油锅、炒菜不大一样。穿着也很平常，就是他们的西式服装。记得1945年日本人战败

一对犹太夫妇在寓所门口

庭院里的厨房

后，犹太人基本上都还留在这里，直到1949年上海解放前后，租我们房子的犹太人才陆续搬走，走的时候，还送了几样东西给我们，有一只木桶我们一直用到了现在。

我们现在房间里用的这套家具也是出自犹太人的手艺，用了70多年了。当时我家对面有一家犹太人开的木器店，我父亲花了1000美元定制了这套家具(当时1000美元绝对是大价钱)，包括一个五斗橱、一个大橱、一张床、一张桌子和四把椅子，还送了两把沙发椅，橱上刻的花到现在看来都非常精致，富有犹太人特有的风格。木头很坚固，除了床，其他东西都一直用到现在。

用中国火炉做的玛索球

从我接触到的所有犹太人(包括邻居和朋友)来看,他们给我最深的印象就是勤劳和刻苦。我们家是做服装生意的,当时开了家女子成衣店,有时需要一些小零小碎的东西,就由犹太人提供。比如纽扣等,中国人的传统纽扣都是布制的,市场上没有西式纽扣。犹太人想出了办法,用木头锉成圆形的纽扣,再一层层漆上油漆,看上去非常亮。一粒纽扣看着小,其实要许多工序,但他们不怕烦也不怕难。我们要什么颜色,他就漆成什么颜色,我们说好什么时候要,他到时一定会交货,非常讲信用。

迁到这儿的犹太人,如没有工作的,就自己在胸口和后背上挂

犹太男子拿中国蒲扇生火，用这个小铁桶做的简易炉子做饭

上块牌子，上面写着“木匠”、“漆匠”、“泥水匠”等等，在街边找工作。记得我们家有一次就找了一个50多岁的犹太人来粉刷房间。那人真的很勤劳，从早干到晚，基本不休息，闷着头干活，手脚特别快。我有几个犹太朋友，其中有一个是做珠宝生意的，我常常到他那儿坐坐。就这么一个小小的房间，吃饭、休息、工作都在这个屋子里面。我有时早晨到他那儿，他早就已经开始干活了。记得他曾经跟我说：“一个人随便做什么工作，第一就是要勤劳，第二是要信誉好，一定要做出自己的规矩来。”另有个犹太朋友曾对我说：“人，一定要有自己的手艺，那样在世界上任何地方都可以找到工作，可以依靠手艺生存下去。”

(黎犁根据当年犹太人的邻居全富荣、张招娣夫妇回忆整理)

你给我白面包
我给你六谷饼

I Shall Repay You with My Six-grain Cakes for Your White Bread

当时，犹太人的生活很艰苦，但或许他们觉得中国人的生活更艰苦。于是，我的犹太邻居就用白米饭、面包来换我们的粗粮。对他们来说，是调调口味；对我们来讲，在吃的方面可以难得地稍稍改善一下。

At that time the Jewish led a rather hard life, but, as they saw it, maybe that of the Chinese was even harder. As a result, my Jewish neighbors would give us rice and bread in exchange for our roughage. To them it was a change of taste whereas to us it was a rare chance of improving our diet.

我叫李阿好，1927年出生，抗战时我住在虹口新建路一所房子的前楼二层阁里，当时中国人的生活很艰苦，经常吃的就是六谷粉、豆腐渣。我的弟弟还小，由于珍珠米粉糊和豆腐渣难咽口，家里就经常摊六谷粉饼给他吃。邻居是一个犹太家庭，夫妇俩，他们能吃上白米饭，但也很愿意吃六谷粉饼。于是，便常常把他们家的白米饭、面包之类送到前楼来给我们吃，还对我说："你妈妈摊的饼很好吃。"于是，我母亲就摊了六谷粉的饼送过去，他们很高兴。当时我年纪轻，心想，犹太人怎么要吃粗粮？现在想想，可能他们觉得自己已经很苦了，可是中国人的生活更艰苦，所以对我们很同情，就用白米饭、面包来换我们的粗粮，对他们来说，是调调口味；对我们来讲，在吃的方面可以难得地稍稍改善一下。

犹太人在舟山路一带设摊卖热狗、西药

我靠做小生意糊口，好的时候，也就是推一部小车子出去，支起一顶帐篷，下面放一张桌子，两张长凳，早晨卖鲜牛奶，中午卖清咖啡，晚上卖吐丝面包、牛奶、咖啡，面包是用钢炭烘的。情况不好的时候，也卖萝卜、洋葱、卷心菜、洋山芋（土豆）等。犹太人很喜欢红萝卜和洋山芋，但他们一般总是只买很少的几只。我呢，生意也很随便，不瞎开价。他们愿给多少钱就收多少，不与他们斤斤计较，因为平时中国人与犹太人相处很友好，从来没有发生过矛盾。犹太人也一样，问清了价格后，也不还价，就给钱。

我们弄堂38号前厢房住着一对犹太夫妻，有一个女儿。女儿我们叫她玛雅，很小，很漂亮可爱。犹太丈夫皮肤黑黑的，有点像巴基斯坦人。不久，他被日本人抓走了，也不知关押在什么地方，一直到抗战胜利后，再也没有见到他。

犹太妻子一个人带着女儿，生活过得很艰难。后来，她找了个男朋友，曾带到我们阁楼的亭子间来过，这个男朋友相貌堂堂，一表人才。晚上她经常跟男朋友出去，第二天早晨再回来，于是，有的时候她便托我们照料玛雅睡觉。有一次我妻子过去，帮玛雅洗脚洗脸，但找不到脸盆，只好再回家把我家的脸盆拿过去用。第二天当我们问起此事，那个犹太女人连忙道歉，说对不起，忘记关照了。我们经常是照料好玛雅睡下后，才回自己家睡。尽管语言不完全相通，彼此的生活习俗也不相同，但我们两家的关系却很好。

我们家对门住着一位犹太人，名叫麦唐姆，据说过去是医生，老夫妻有一个小儿子。平时没有事做，我们也没见他公开挂牌行医，生活也是靠犹太总会接济，每天领面包。有一次，我妻子胃痛，病得很厉害，当时也就以为是一般的肚皮痛，没有去请医生来看。弄堂里有个当翻译的中国人发现了，便把对门的犹太医生叫来了。犹太医生仔细给我妻子做了检查，然后通过翻译对我说，这不是胃病，最好去手术。见我们家穷，没有钱去住医院，他便回家取了一粒药丸，又黑又大，亮晶晶的，叫我妻子囫囵吞下去。吃了药以后，我的妻子就睡了。第二天，犹太医生又来给她作检查，并告诉我，胆里的病好多了，不肿了，并安慰我说这病不要紧张的，他又让我的妻子吃了一粒同样的药丸。第三天他再来检查，便说："没关系

一对犹太难民夫妇

Dr. FRIEDMANN M.D.
GENERAL PRACTITIONER
CONSULT. HOURS 2-4
内外科醫師
Dr. WALTER KURZ M.D.
HOURS: 5-6
Dr. M·MELLER M.D.
AUGENARZT
SPRECHSTUNDEN DI. MI. DO. 9-10
Dr.
E. KOLLMANN M.D.
SPECIALIST IN
SKIN DISEASES
HAUT- u. HARNLEIDEN
WEN. FRI. FR. 6-7 p.m.
TU. DI. THU. DO. SA. SAM. 10-11 a.m.
DIATHERMIE

犹太难民医生行医招牌

了，很快就会好的。”这个犹太医生医术很高明，可惜在战争年代，又被限制在隔离区，他是有本事没地方用。

当时我们弄堂里中国人和犹太人混杂着居住。我的印象中，犹太人很好相处，也比较友善，我们一般中国老百姓待他们也像对中国人一样，从不歧视或害他们。

现在的霍山小学，过去环境很好，房子都是圆顶的，是由一位聂姓中国华侨造的，他常做一些善事好事。热天时，烧一大缸茶水，免费让人喝，还给穷苦人发沙药水、膏药等，救济穷人。弄堂里有的穷人过不起生日，他就发票子，让他们到家里去吃面条。后来这个华侨聂先生出国去了，这座房子就让给犹太难民住了。犹太人走后，才变成了小学。

(熊建民根据陈云发《虹口往事》书稿整理)

谭冰若难忘犹太老友
黄鱼车接送音乐大师

Tan Bingruo's Unforgettable Old Jewish Friend — a Great Musician Picked up by Jinrikisha EveryDay to Work

上海犹太纪念馆刚开门，就迎来了一位耄耋老人，他对纪念馆的每块展板都仔细阅读，不放过每张图片介绍，不时流露出对犹太音乐家的深切怀念。他就是上海音乐学院教授谭冰若。当年，韦藤贝格应邀担任上海音乐学院的老师。因为资金拮据，谭教授只能派人用黄鱼车接送威腾伯格来学院。80高龄的大师欣然接受，风雨无阻。

Upon the opening of the Shanghai Jewish Refugees Museum, an elderly man arrived to pay a visit. He carefully read every exhibition board and every piece of introduction of the pictures, with deep nostalgic looks appearing frequently on his face. This man is Tan Bingruo, a professor of Shanghai Conservatory of Music. In those years, Wittenberg was invited to work as a teacher of Shanghai Conservatory of Music. In a lack of fund, Professor Tan could only send a jinrikisha to pick Wittenberg up to the Conservatory. The then 80-year-old great musician accepted it with pleasure and came to the Conservatory in all weather conditions.

上海犹太纪念馆刚开门，就迎来了一位耄耋老人，他精神矍铄，温文儒雅。跨进展厅就显得特别的兴奋，对纪念馆的每块展板都仔细阅读，不放过每张图片介绍。在与讲解员的沟通对话中，不时流露出对上海音乐史的熟悉和对犹太音乐家的深厚情怀。原来，他就是上海音乐学院教授，著名音乐教育家谭冰若。

眼前，一幅幅生动的画面，不时勾起谭教授在二战时期与避难上海的犹太音乐家们共同工作的点点往事。

谭教授他特别想念的是犹太人威滕伯格（Alfred Wittenberg），这位德国音乐教授，是研究巴赫的权威，至今在国外的音乐词典上还能查到他的名字。二次世界大战时，为了逃避德国纳粹对犹太人的迫害，逃往上海，音乐大师成了逃亡的难民。在上海，大师教了很多中国学生，其中就有后来当上上海音乐学院副院长的谭抒真。

谭冰若参观上海犹太纪念馆

犹太音乐家威滕伯格

谭抒真回忆威滕伯格

威滕伯格标注过的贝多芬乐谱

谭院长邀请大师担任上海音乐学院的老师。那个时候的音乐学院还在江湾五角场一带，因为资金拮据，只能派人用黄鱼车接送威滕伯格来学院。没想到，80高龄的大师欣然接受，风雨无阻，按时授课。

谭冰若教授也曾经多次邀请威滕伯格担任演出嘉宾，当时威滕伯格的主要演出场地都在兰心大剧院。而演出的主要发起人都是梅百器。上海交响乐团在梅百器的指挥下，最早广泛介绍西方音乐、最早演奏中国第一部管弦乐作品、最早培养中国音乐人才、最早培养中国交响乐听众，曾被誉为“远东第一”。

二战结束后，威滕伯格继续留在上海，一直为培养中国学生贡献着自己的力量，直到1953年在上海去世。

谭抒真保留的与威滕伯格的师生合影

威滕伯格为中国学生授课

弗里茨·菲利普伯恩 (Fritz Philippsborn)，捷克籍犹太人，男中音歌唱家，资助中国的年轻音乐家和学生从事音乐工作。在抗日战争胜利后，国民党统治时期，为了防止集会，不允许中国人举办音乐活动，当时有很多教授因为害怕被当局责难，所以都拒绝参加。

就在这非常困难的时候，是菲利普伯恩等一些外国友人伸出了援手。谭冰若教授不会忘记，那时候，他作为整个义演活动的组织者，面临重重困难，义演难以实施时。是菲利普伯恩挺身而出，组织当时在上海的外国音乐教授举办义演，捷克籍女音乐家罗比切克 (Lisa Robitscek) 也积极参加。最后，所有的演出收入都捐献给中国的音乐事业。

菲利普伯恩和著名音乐大师楼乾贵是同班同学，菲利普伯恩在新中国成立后回到了自己的祖国——捷克。而另一位马哥林斯基 (Henri Margolinski) 教授，也是当时义演的音乐主任，正由于他的极力推动，才使得演出顺利进行。每次演出，马哥林斯基 (都会到场来观看，第一轮3场的演出结束后，他还问学生钱够吗，如果不够的话，可以进行下一轮的演出。其实当时在中国的犹太音乐家条件并不好，可是他们还是义无返顾地伸出了援手来帮助中国的学生。

回首往事，怀念老友，谭教授情深意重。他说："当时，上海能接纳那么多犹太难民实属不易；然而，这些避难上海的犹太人也为上海这座城市增添了美丽的元素。"

(韩易　贲渊　黄啸冬执笔)

一张逃亡旧船票
两代犹太参观人

An Old Ship Ticket of Exiles Attracted Interest of Two Generations of Jewish Visitors

澳大利亚小伙前往上海犹太难民纪念馆参观，他惊喜地在二号展厅的展板上发现了一张同他祖父母当年逃亡上海时一样的船票，于是便兴冲冲地打电话给远在澳大利亚的父亲——一位出生在上海的前难民。不久，原犹太难民的父亲也赶到了纪念馆参观。

In his visit around Shanghai Jewish Refugees Museum, a young Australian man found, to his great surprise, that a ship ticket being exhibited on a board in No.2 Exhibition Hall was the same as the ticket which his grandparents used when they fled to Shanghai. So he excitedly phoned his father in Australia, who was a former refugee born in Shanghai. Before long, the father, a former refugee, also came to visit the Shanghai Jewish Refugees Museum.

阿里带着“旧船票”参观上海犹太难民纪念馆

澳大利亚小伙阿里·克雷默 (Ari Kraemer) 前往上海犹太难民纪念馆参观，他惊喜地在二号展厅的展板上发现了一张同他祖父母当年逃亡上海时一样的船票，于是便兴冲冲地打电话给远在澳大利亚的父亲——一位出生在上海的前难民。在电话那头，传来他父亲同样兴奋的声音。阿里向他叙述着在馆内看到的一切，同时就工作人员提出的几个问题，一一向父亲求证。

一个多月后，一名来自澳大利亚的老人在纪念馆入口处礼节性地与工作人员打完招呼后说，“我出生在上海，是个前难民。”

作为志愿者，我们非常期待着与他的交谈，相信这将又是一次爱的体验和感悟。在得知他的姓氏叫克雷默后，第一个蹦出脑海

父亲马蒂一个月后来到上海参观

的，便是那个略带羞涩的澳大利亚大男孩阿里，不过还是先津津有味地听完了他的故事。随后他说，我儿子一个月前看到一张和我们当年乘坐的同名的船票，还打电话问我许多避难时的情况。我们在向他确认后证实，他口中的儿子正是阿里。

这位老人名叫马蒂·克雷默 (Marty Kraemer)，1943年2月生于上海。1938年，他的父母和其他家庭成员一起从维也纳逃到上海，居住在霍山路561号，并在有着“小维也纳”之称的舟山路上开了一家餐馆。马蒂的父母告诉他说，日本人经常到餐馆来要威士忌喝，从不给钱。一家人直到1949年才离开上海，马蒂和父母一起去了澳大利亚，祖父母去了美国，而叔叔阿姨则去了英国。

一张逃亡上海的旧船票，在一个月里引来了两代人的先后参观，而我们得到的是一个三代人的“犹太难民和上海的故事”。

(楼琪琦　李惟玮执笔)

九旬犹太老人
访沪就像回家

A 90-Year Old Jewish Senior Visited the Homelike Shanghai

从20世纪80年代起，曾在上海避难10年的马自达已6次来上海，寻访住过的老屋和当年的老邻居。他的回忆不仅有当年生活的艰辛，也有与中国姑娘相恋的温馨。在“寻根”过程中，马自达结识了上海青年陈振宏，与之建立了深厚友谊，并资助他到美国学习深造。毕业后，陈先生留美发展。多年来，陈先生一家与马自达一家“胜似一家人”。

Gary Matzdorff had taken refuge in Shanghai for ten years and he had been to Shanghai for 6 times since 1980s, looking for the house he used to live and the old Chinese neighbors. His memory not only includes the difficulties of life of the time, but also the warm and sweet romance he had with a Shanghai girl. During one of his “root-seeking” tours, Gary met a Chinese college student, Chen Zhenhong, who lived nearby, and they developed a strong friendship. Later, with Gary’s help, Chen went to the United States for further study. After graduation, Chen stayed in the United States and is now working for a world-renowned company. For so many years, Gary’s family and the Chens have been like one family.

加里·马茨多夫（Gary Matzdorff，中文名马自达、马公达），1921年7月10日生，1939年4月至1948年4月随父母和外婆在上海避难。

2013年5月27日上午，马自达和他的第二任妻子南希（Nancy Matzdorff）及其中国儿子陈振宏（Jerry Chen）等应邀到上海犹太难民纪念馆参加了媒体见面会。人民日报（上海分社）、解放日报、中国日报、新民晚报、上海日报、东方卫视、上海电视台、上海外语频道、上海广播电台990等沪上20多家媒体的记者参加了当天的活动。

马自达的开场白：上海就是我的家

"上海，对我的一生而言很重要！我逃难来的时候是17岁。感谢上海这座城市为我和欧洲犹太难民打开了大门。"见面会上，甫一开口的马自达就十分激动，情不自禁地流下热泪！"上海救了我的命，改变了我的人生。我也因此有机会生活在亚洲的一个国家，了解亚洲文化，尤其是了解上海的文化。"说到此处，马自达情绪很高，"吾会得讲上海话！有人讲我老居！"92岁高龄的马自达在阔别上海65年后依然能讲出十分道地的上海话，令记者们惊喜不已，纷纷鼓起掌来。

"1947年，我和我的太太玛丽安（Marianne Terner）就是在这里，在摩西会堂举行的婚礼。随后我们在屋顶花园举行了婚礼招待会，一起跳舞、一起吃蛋糕庆祝。"说到这里，马自达又哽咽了起

马自达参观上海犹太难民纪念馆

参加媒体见面会

1947年在摩西会堂举行婚礼

结婚照

来。玛丽安已经过世，加里说他很遗憾玛丽安不能像他一样活到现在，来见证这里的变化与美好。

“真抱歉！我太激动了！我在上海生活了10年，我很荣幸接受大家的采访。我并不特别，我只是18000名上海犹太难民中的一人。感谢你们的热情。感谢我的妻子南希和干儿子陈振宏陪我一起来分享我的人生故事！”

六次来沪

开场白后，记者们开始了采访。记者的第一个问题是："能告诉我们您这次为什么来上海吗？"大家都很想知道，是什么样的情感让一位年过九旬的老人还愿意从美国长途跋涉而来。

"这是我第六次来上海了。我很想念上海。我很想再带着我的妻子南希到我曾经生活过的地方走走、看看。这次来访，还有一个原因。那就是我知道美国史朋根家族基金会和上海造币厂最近发布了一套纪念上海虹口隔都建立70周年的金银币。我这次来，是想在上海这座城市，接受这套纪念币，我觉得很有意义！"马自达的话语中流露出他对上海的一种自然而然的情感。来上海不需要很特别的理由，就像回家一样。

讲述当年在上海的生活经历

马自达展示当年生活的照片

回忆起当年住在虹口时的中国邻居，他说："我们之间的交流不多，主要是见面时打打招呼什么的。但是，我们相处得很好。跟他们在一起，我感觉很舒服。有时候也会互相帮帮忙。在我的记忆中，我们从来没有发生过任何不愉快的事情。我们一家住的房子的房东是中国人，他人也很好。我们相处愉快！"

上海情缘

记者们好奇马自达是怎么学会上海话的，有没有上海朋友。

马自达与上海的情缘颇深，学会了上海话，至今"乡音未改"。他曾经与一位上海女子相恋半年，感情很深，但最终两人没能在一起。

"我学上海话，不是偶然的。因为当我和家人到达上海后，我们是准备在这里定居下来的。我想，如果要长久地生活下去，了解当地文化、学习当地语言是必要的。我在做第一份工作的时候就开始学习上海话。那家公司是经营煤炭业务的。当时有一个上海男孩门童，专门负责在门口迎送客户，帮助客户开门、关门。我的工作也是要进进出出的。所以跟他接触的机会也比较多。于是，我就请他教我说上海话。他答应了。慢慢地，我就会讲一点上海话了。有时候我还会到中国人的店铺来练习练习。我总是找机会练习我的上海话！"马自达夹杂着沪语的采访颇为有趣，记者们掌声、笑声连连。

"到美国定居后，只要碰到中国人，我都会问他是不是上海人。如果是的话，我就会跟他讲讲上海话。"

回到当年生活的地方

有记者问:“能不能分享一下您和您的东方恋人的故事!”

马自达爽朗一笑,“您说的是哪一个?”随后话又一转,“有一个女友很特别。她的名字叫Cleo Wang。1940年的时候,我和我的一个也是来自德国的朋友每个周五下午都会去MIKOMMEI和永安屋顶花园跳舞。有一天下午,我们像往常一样去了永安百货店顶楼跳舞,一个小时后,两个年轻女顾客走了进来。她们入座后,我让侍者将一张纸巾递了过去,上面写道:‘我们能聊聊,并一起吃个晚饭吗?’我不知道她们是否懂英语,但她们看上去受过良好的教育。纸巾被送回来时,上面写着:‘好的。’我们替她们支付了账单并在电梯里会合。那时候除了一起进去的,陌生人是不能一起跳舞的。我们在电梯里互相做了自我介绍,这两位女士在附近开着一家店,关门后打算过来喝一杯。我们随后乘坐出租车到她们的商店，这是一家出售桌布和上等比利时蕾丝的大商店。然后，我们一起去享用晚餐。后来，我开始与王小姐约会，而我的朋友则开始和陈小姐 (Betty Chen) 交往。爱情就这样开始了。我的母亲非常喜爱她。我们虽然最终没能在一起，但对我，那是一段很特别的记忆。"

中国儿子

说到来上海，马自达说他不仅寻访到了旧居、回忆了往事，还收获了一个中国干儿子。

"1982年，我带着我的儿子来到虹口。我站在华德路 (今长阳路) 和舟山路口，告诉我的孩子哪里是提篮桥监狱，哪里是摩西会堂。这时，一个年轻的中国小伙子穿过马路，走到我们面前说，'先生，您是不是迷路了呀？' 我很喜欢他说话的方式，于是我们就聊了起来。令我们吃惊的是，他的英文说得很好，而且还很了解上海犹太难民的故事。这在当时的中国可不多见啊！" 于是，马自达和小陈就成了朋友，彼此保持着联系。

后来，小陈告诉马自达，自己想到美国继续深造，希望能得到他的帮助。"我和家人一起开了一个家庭会议，来商量这件事情。我们全家都同意帮助他赴美留学。于是，我和家人一趟趟地去中国驻美机构了解需要办些什么手续，要填写什么表格。当我们把一切手续办妥后，就把有关材料寄给了陈振宏，帮助他拿到了学生签证。陈振宏来到美国后，学习非常认真，成绩也很好。后来他的

问候当年老邻居

一切都是那么熟悉

发展也很不错。我真为他感到骄傲！”说到这里，马自达眼里泪光闪烁。他侧身与坐在身旁的陈振宏彼此握了握手。

马自达说，他很开心能有陈振宏这个干儿子。是陈振宏的出现，让他有机会感恩上海。所以，从这个意义上说，他要感谢陈振宏。

故地重游与妻相拥

如今，陈振宏先生一家与马自达一家“胜似一家人”。陈先生孩子的英文名叫Matthew Gary Chen。中间名起为Gary是为了纪念陈家和马自达一家的友谊。

缘分就像一个完满的圆

上海犹太难民纪念馆馆长陈俭说，马自达与上海的缘分就像一个完满的圆。

陈俭馆长说：“马自达在上海生活的年龄段为青年时期，这令他对当年生活拥有相对清晰和完整的记忆。此前，来沪寻访的犹太难民多为出生在上海或童年时期在上海居住，对历史的记忆和描述不免笼统；而当初生活在这里的成年人，如今大部分已不在人世。对上海犹太难民纪念馆而言，马自达的在沪经历具有弥足珍贵的史料价值。”

令人遗憾的是，2013年11月8日，曾于当年5月来沪寻根的马自达就因病去世了，享年92岁。

（廖光军执笔）

弗雷德写自传
再现颠沛历史

Fred Wrote a Biography to Recur the Vagrant Past

作为一个犹太人，在那个时代生在德国，就注定了弗雷德・安特曼 (Fred Antman) 的一生将跌宕起伏、辗转漂泊。弗雷德在自传《三城记：柏林，上海，墨尔本》(以下简称《三城记》) 中回忆了他与家人逃离柏林、避难上海，而后定居澳大利亚墨尔本，并成功打造时尚女装王国的故事。

As a Jew born in Germany in that particular time, Fred Antman's life was destined to be spent in endless wandering. In his biography *A Tale of Three Cities: Berlin, Shanghai and Melbourne*, Fred recalled his own story of fleeing from Berlin with his family, seeking shelter in Shanghai and settling down in Melbourne, where he succeeded in establishing a kingdom of women clothing.

弗雷德的自传《三城记：柏林，上海，墨尔本》

1930年2月13日，弗雷德·安特曼(Fred Antman)在德国柏林出生了。作为一个犹太人，在那个时代生在德国，就注定了他的一生将跌宕起伏、辗转漂泊。亏得母亲果敢抉择，他的人生才得以摆脱更大的苦难。弗雷德在自传《三城记：柏林，上海，墨尔本》(以下简称《三城记》)中回忆了他与家人逃离柏林、避难上海，而后定居澳大利亚墨尔本，并成功打造时尚女装王国的故事。

柏林：走还是不走？
一个性命攸关的问题

1938年11月9日至10日凌晨，希特勒青年团、盖世太保和党卫军袭击了德国和奥地利的犹太人，烧毁了犹太会堂，砸碎了犹太人的商店，夺走了他们的财产。这一天，遍地是碎玻璃，故被称为"碎玻璃之夜"或"水晶之夜"。"碎玻璃之夜"事件标志着纳粹对犹太人有组织的屠杀的开始。

弗雷德在自传中回忆道，他的父亲萨缪尔·安特曼(Samuel

Antman）在“碎玻璃之夜”之前10多天，大约是1938年10月27日至29日之间的一个清晨就已经被纳粹抓走了。这突如其来的变故令弗雷德的母亲欧娜·安特曼（Erna Antman）十分震惊。此后，母亲一人挑起照顾两个孩子并独自经营一家有十多人裁缝店的重担，而且很有可能再也无法与父亲相见。

在弗雷德眼中，母亲是位文静的女性，家里什么事都由父亲说了算。母亲从不多言。但是这次，当“一家之主”被纳粹抓走后，母亲的果敢和镇定便显现了出来。她强烈地感到，德国充满着纳粹的疯狂和暴力，这里对犹太人而言，是不会有什么希望了。于是，她赶紧到旅行社打听最快有什么地方可去。她得到的回答是：

从左至右：弗雷德、父亲萨缪尔、母亲欧娜和哥哥大卫，1939年4月

世界上只有两个地方无须签证即可前往，一个是玻利维亚的拉巴斯，另一个是中国的上海。母亲紧接着又问，接下来离开德国的船什么时候出发。旅行社的人告诉她，1939年3月25日有一艘意大利Conte Biancamano号轮船将从热那亚开往上海。于是，母亲便毫不犹豫地预订了这艘船剩下的最后4张票。

父亲被捕后，他在波兰的家人通过贿赂纳粹看守而把他解救到了他们居住的城市克拉科夫。母亲闻讯后给父亲打了电话，也告诉了他自己打算尽快离开德国的计划。父亲听后，怒不可遏，在电话中就发起火来。他坚决反对母亲的计划，并让她放下柏林的一切，带着孩子到波兰与他团聚。他说，那边的生活很好很平静。然而，母亲生平第一次强硬了一回，没听父亲的。她的内心充满了力量和勇气，她告诉父亲，她不会去波兰，她将撇下父亲带着孩子一起乘船到中国去。母亲的这番话让父亲猛然间意识到，她是认真的，而且已经下定决心要离开德国，越远越好。之后，父亲又打了很多电话，希望说服母亲到克拉科夫去，但是她始终不为所动。

随后，母亲开始实施离开德国的计划。她首先解散了裁缝店所有的员工，付给他们应得的报酬，还送了一些缝纫机器给他们。纳粹当局规定，任何犹太人都不得出售他们的资产，尤其是当他们准备离开德国的时候。然后，母亲销毁了大部分的往来信函和文件，以免被纳粹当局从中查出什么而节外生枝，影响启程。

然而，为了离开德国，有的文件必须得有父亲的签字才行。所以，母亲就一趟趟地赶到德国波兰边境去与父亲会面，并让他在相关文件上签字。最终，德国当局给父亲签发了一份24小时的过境签证,允许他于1939年3月23日返回柏林,但前提是他将与家人一道于次日离开德国。于是,他们一家人一起到了热那亚。

一如母亲最初的计划那样,1939年3月25日,弗雷德一家四口人从热那亚乘上轮船前往上海。

弗雷德说,他们幸运地逃离了,但是外公却成了他们最大的牵挂,他的外婆、爷爷奶奶在此之前已经过世了。从柏林乘火车到热那亚时,他外公罗伯特·沃格尔到火车站送行。外公流着泪亲吻两个外孙。火车开动了,看着外公孤独的身影渐渐远去,弗雷德的眼泪夺眶而出。那幅场景从此深深地印在了弗雷德的脑海中。

1941年9月19日,77岁的罗伯特被关进了集中营。1945年5月5日,81岁的罗伯特在二战结束前夕被纳粹迫害致死。弗雷德在书中写道,他们家族有92人在二战时被纳粹杀害了。

那个时候,不仅对弗雷德一家人,而且对整个欧洲犹太人而言,走还是不走,真的是一个性命攸关的问题。选择远走高飞的人,不一定很富有,但一定是充满了智慧和勇气。

上海:战火中的诺亚方舟

初到上海,从码头到难民接待站沿途的景象让弗雷德颇为震惊:这里因战争而满目疮痍。伤痕累累的无家可归者倒在地上,奄奄一息。房屋也遭到了严重的毁坏。抵达难民接待站时,他感到那栋房子也是摇摇欲坠。战争对上海造成的损毁令弗雷德心都凉了,他们一家甚至开始怀疑当初的决定是否明智。

然而,他们很快便适应了这里的生活,并爱上了这座东方都市。

父母开了一家裁缝店,生意很好,一家人的生计不用愁了。后来,父亲还受邀成了摩西会堂的领唱。弗雷德的哥哥大卫·安特曼(也称比利)则是沪上一家颇受欢迎的夜总会的手风琴伴奏,并被媒体誉为"神童"。"当父亲和哥哥为一家人生计忙碌的时候,可怜的小小的我不得不去上学。"弗雷德当时就读于上海犹太学校,课余酷爱踢球,是学校足球队队长。

1943年,弗雷德在上海邂逅了同样是从柏林逃亡至上海避难的伊娃。在《三城记》中,弗雷德专门写了一章《浪漫故事》来讲述他和伊娃在上海相识、相知、相恋的浪漫往事。弗雷德常常邀请伊娃去看自己踢球。之后,他会送伊娃回家。一路上,两人有说有笑,彼此都很有好感。当更熟悉之后,他们就相约一起去看电影了。弗雷德在书中写道,"在看电影的时候,我们紧握着彼此的手。为此我的心怦怦直跳!"那是一段美好而难忘的时光。

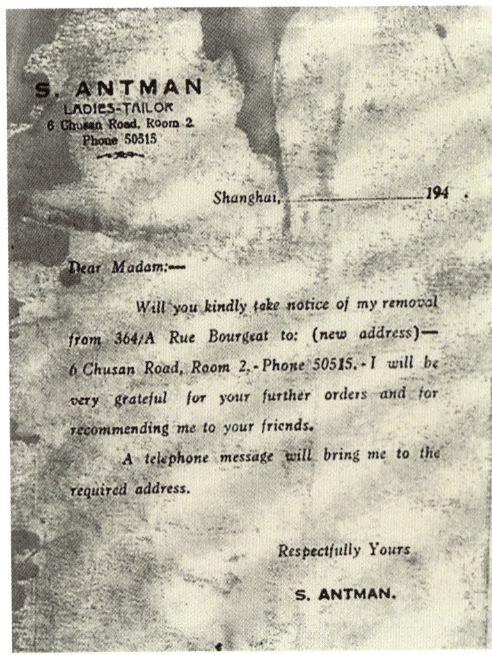
S. ANTMAN
LADIES-TAILOR
6 Chusan Road, Room 2
Phone 50515

Shanghai, ...194 .

Dear Madam:—

Will you kindly take notice of my removal from 364/A Rue Bourgeat to: (new address)—6 Chusan Road, Room 2,-Phone 50515.-I will be very grateful for your further orders and for recommending me to your friends.

A telephone message will bring me to the required address.

Respectfully Yours

S. ANTMAN.

弗雷德一家被迫迁入隔离区后,父亲萨缪尔即致函客人,告知裁缝店已经搬至舟山路6号,并承诺提供电话预约服务

1943年，11岁的伊娃，摄于上海。这一年，弗雷德认识了伊娃

弗雷德说，伊娃是一个生性快乐的人，总是面带微笑。他们在一起有说不完的话。伊娃也经常与他分享一些有趣的事情。其中，有一个关于“聪明猫妈妈”的故事特别有意思。那时的上海常常“发大水”。有时候，伊娃一觉醒来，发现水都漫进屋子里了。每每遇到这样的情况，伊娃都会很害怕。但是，有一次，她却情不自禁地笑了起来。伊娃家养了一只猫，生了一窝小猫。那次发大水，伊娃发现猫妈妈把小猫宝宝全都放进了主人的鞋子里，水涨起来了，鞋子也浮了起来，小猫都安然无恙。在危难关头，猫妈妈急中生智之举令伊娃从此对上海“发大水”的记忆都变得无比温馨。

但是，弗雷德在书中写道，残酷的现实也留给伊娃很多惊恐的记忆。上学路上，她不得不经过一个焚烧尸体的地方，那些都是被日本人杀害的中国人。那个地方散发出来的气味甚至几英里之外都能闻到。这一痛苦的记忆，成为伊娃终身挥之不去的梦魇。然而，日本人带给伊娃的恐惧还不止这些。她清楚地记得，日本人还会把看不顺眼的犹太人抓进监狱。进去的人往往有去无回。所以，她时常被要求在遇到日本人在周围巡逻时要坐（站）得直直的。

在担惊受怕的日子里，犹太难民们的中国邻居使他们体会到了生活的温馨与感动。回忆起在上海生活的岁月，弗雷德在书中写道："我们的生活虽然艰难，但还可以忍受。比起远在欧洲的家人，我们在这里要好得多。感谢上帝！我们大部分人都幸存下来了。为此，我要特别感谢中国人民。在那段黑暗的岁月，在他们自身也遭遇战争苦难的情况下，他们始终和我们站在一起，共患难、同甘苦。相同的战争苦难把中国人民和欧洲犹太难民的心连在了一起，我们和谐相处，相互温暖彼此的心。我们所有从虹口隔离区幸存下来的犹太人将永远感激中国人民平等待我之情。战争时期共同生活的经历，使得中犹人民之间产生了互相关爱、相互尊重的感情。我们的友谊将坚如磐石！"

伊娃（14岁）与弗雷德（16岁），1946年，上海

墨尔本：开始新生活

1946年6月20日，弗雷德不得不和伊娃“分手”。这一天，弗雷德一家将乘船经香港前往澳大利亚定居。而伊娃的父母当时正在为到美国与亲人团聚作准备。弗雷德和伊娃痛苦极了，他们担心彼此再也不会见面了。

在香港停留了4个多月后，弗雷德一家于1946年11月20日乘船抵达了悉尼。在当地犹太社团和弗雷德的叔叔卡尔·安特曼的帮助下，他们一家最终在墨尔本安顿了下来。

从小雇员到独立经营女装工厂并大规模生产，再到后来创立“墨尔本安特曼”(Antman of Melbourne)女装品牌，安特曼家族凭着在苦难中历练出来的“刚强、勤俭、创造、开拓”的特质，在十多年的时间里华丽转身、成功创业。“墨尔本安特曼”成为澳大利亚最著名的时尚女装品牌之一，在澳大利亚132家最知名的大商场及精品店销售。在20世

伊娃和弗雷德的近照

纪70年代大量进口服装的冲击下，安特曼家族开始把生产转移到香港、伦敦等地。“墨尔本安特曼”曾经是澳大利亚时装行业翘楚。

墨尔本见证了安特曼家族事业的成功，也见证了弗雷德和伊娃的幸福婚姻。在《历久弥坚的爱》这一章中，弗雷德回顾了1947年伊娃一家从上海到墨尔本的情形。1953年，两人终于结束了爱情马拉松，在托拉克犹太会堂举行了隆重的婚礼。历经战争劫难的弗雷德和伊娃，从此开始了新生活。

2014年11月21日，伊娃因病逝世，享年82岁，但是她和弗雷德的故事依然打动着人们的心。弗雷德即将出版第二本书《红毯之恋——一个关于承诺的故事》(The Red Carpet of Love —— A Tale of Commitment)。

(廖光军执笔)

收藏一块墓碑
留下一段史痕

Keeping a Gravestone to Preserve a Trace of History

一个偶然的机会，上海市民方毓强凭借着他对希伯来语的了解，让一块当年犹太难民的墓碑得以保留。故事引来了犹太朋友的追踪，演绎出上海和以色列对历史不可忘记的一段共识。

Almost by chance, Fang Yuqiang, a citizen of Shanghai, enabled a gravestone of a deceased Jewish refugee to be preserved with his knowledge of Hebrew. The story raised the interest of some Jewish people and led to the consensus between Shanghai and Israel that history shall not be forgotten.

余生也晚，不可能结识二战期间逃到上海的犹太难民的。但我仍要写下一名在上海土生土长的市民与之相关的真实故事。

一块上海犹太难民的汉白玉墓碑（正面）

《新民晚报》在2012年5月20日以整版的篇幅，刊登了记者孙云所撰写的“以色列人迪文定居上海发掘犹太人历史记忆：百余块墓碑见证包容犹太难民史”。文中写道：定居上海12年的迪文·巴加尔（Dvir Bar-Gal）2001年到上海担任以色列电视台驻外记者。刚到上海不久，他看到一封电子邮件，说虹桥一家古董店有犹太人墓碑，他怀敬畏之情，匆匆赶去，可惜墓碑不见了。店主并不知道这是墓碑，听了迪文的解释，大吃一惊。迪文的人生计划因此改变，决定定居上海，搜集犹太人在上海的资料和遗物。后来店主为迪文找到不少犹太人墓碑……

读完此文，我不禁哑然失笑了起来：那块墓碑当年就是我花钱收购走的呀！那天我正在这家古董店闲逛，看到两个男青年，像是搞设计的人员，正在议论着要把上面的日文字磨掉，把这块汉白玉好石料另作他用。我走近一看，不对啊，这不是日文而是希伯来文，还有犹太民族标志大卫星呢！我在思量，碑文磨掉，就磨掉了一个人、一个家族的历史。我看到他俩与店主谈不拢价格，就爽快地支付了店主的开价，把墓碑运走了。

我知道，犹太人与中国人一样，无比敬重祖先，墓碑算是圣物了。一个没人关心但含有历史痕迹的东西，我愿意保护。2000多年来，犹太民族遭遇到多次史无前例的“灭顶之灾”，但是依靠他们的坚韧、顽强、智慧，最终还是躲过了灭国灭族的灾难。他们在世界民族之林中绝无仅有的经历，早就引起了我的关注，因而我二三十年前就注意到了“犹太人与中国”、“犹太人与上海”的历史课题，我还在河南、上海等地做过实地的调查。我也在古董店里收购到一些有关犹太人的资料。由于自己热衷人文摄影和纪录片的摄制，1987年在上海外滩，我饶有兴趣地观摩了好莱坞著名导演斯皮尔伯格拍摄的《太阳帝国》。我并非毕业于历史学，但喜欢研究中外交往史，因有所成就而被中国海外交通史研究会、中国中外关系史学会等学术团体吸纳为会员。

二战期间，两万多欧洲犹太人逃到虹口避难。据我个人的调查，上海市区过去至少曾有4处犹太人公墓。但到了1958年，3 700座墓被迁往西郊的国际公墓。及至“文革”，国际公墓也被铲除了……不知道什么原因，一块犹太人的墓碑在几十年后竟然出现在上海的一家古董店里。

3年后的一天，我偶然遇到一位美国女青年克里斯特尔(Crystyl)小姐，闲聊时听说其父是犹太人，我问她本人是否懂希伯来文。她说不懂，但上海有犹太人组织，自己每周参加活动的，她问我有什么事？我说自己藏有一块希伯来文的墓碑，想知道碑文写了什么。她就叫我把墓碑的照片传给她，回家后我照办了。不料她很快打电话来，兴奋地说：“我传给了一位在上海研究犹太难民史的以色列人，他说就是这块墓碑促使他定居上海的，他急着见你，他的名字叫迪文！”

于是，克里斯特尔带着刚从美国飞来上海探望她的父亲以及迪文，一起匆匆驱车赶到我家。他们仔细地观看了墓碑，说碑主人是一位在上海去世的犹太女青年。他们拉着我一起合了影。毕业于以色列电影学院的迪文架起了摄像机，用镜头采访了我当初保护墓碑的来龙去脉。后来，他制作的有关上海犹太难民遗迹的电

迪文（左）、克里斯特尔（中）及其父（右）与墓碑合影

迪文 (左) 在书房用摄像机采访方毓强 (右)

影，在以色列和犹太人世界广为播映，里面就有我的镜头（不过迪文并没有给我本人审看过）。我只是实践了家族的传统，奉行“与人为善、助人为乐”的精神。

不久以后，以色列驻上海总领事马奕良（Ilan Maor）特意会见了我，向我表示敬意。他说对于一位中国人来说，收藏陌生外国人的墓碑是十分难能可贵的。再后来，总领事安排我与到访中国的几位以色列著名作家会谈和交流。我知道，如今全世界有100多个纪念纳粹屠杀犹太人的纪念馆，不仅当事国德国、波兰、以色列等国有，连与惨案毫无关系的欧美各国都有。于是，我向他们请教了战后以色列在宣传纳粹屠杀600万犹太人惨案的经验，同时也介绍了日本侵华战争造成3000多万中国人伤亡的悲惨历史，包括杀害30万中国

方毓强（右）与马奕良总领事（中）及继任者尤里·顾特曼（Uri Gutman）先生（左）合影

人的“南京大屠杀”……他们大惊失色，说过去对此闻所未闻，追问道：“如此惨绝人寰的历史事件，为什么不让全世界知道呢？”

马奕良总领事后来升迁回国了，但他临离开上海之前与我话别时的一席话，让我记忆犹新，久久不能忘怀。他说：“今天，我认为最危险的是，时间让你忘了过去。当你忘记了，那些悲剧就有可能会重演。我们一定要将过去告诉大家。这是我们作为犹太人的任务，但这不仅仅是我们的任务，因为二战不只是犹太人历史上、也是全世界历史上最黑暗的时代。大家要像犹太人一样去纪念这件事。你可以原谅，但是不可以忘记！”

有太多的历史，包括中国长达14年之久的抗日战争，还有大量的研究、纪念工作要做啊！

当时我就听说迪文开设了“Shanghai Jewish Memorial Project”(上海犹太人纪念项目) 网站，我曾托他把我收藏的墓碑也放在网上，希望能够找到墓碑主人的家属，只是10多年来杳无音信。我在想，没有音信，或许里面也隐藏着一段别样的家族史吧。同时，我又觉得总有一天会有消息的……

(方毓强执笔)

八旬犹太人
一颗中国心

The Connection with China of an 80-Year Old Jew

每当走过一条小街小巷，他都会在街头停留一会儿，遥遥地望向街尾。看到一幢幢拔地而起的高楼，他在感叹的同时却指着舟山路说：“这条街我有印象，它变化再大我也认识。”

Every time he walked along a street or lane, he would stop for a while at one end of the road, looking out over the other end. As he saw the high-rise buildings springing up the ground, he pointed at Zhoushan Road and said with a sigh, “I still have impression of this street. Whatever changes it has been through, I still know it.”

杰里在上海犹太难民纪念馆名单墙前留影

我在上海犹太难民纪念馆做志愿者工作已有四年多了。这些年来每天要接待来自世界各地的游客，也常常会遇见来上海“寻根”的二战时来上海避难的前犹太难民。

2014年10月28日星期二，我第一次见到了杰里·摩西。这位来自美国的80多岁的前犹太难民，个子不高，头发霜白，面带微笑，和蔼热情地用熟练的上海话“侬好”与所有在场的人打招呼。可没多久就气喘吁吁，必须要借力于拐杖行走了。杰里患着严重的肺心病，无论是乘飞机还是行走，都必须及时吸氧。但这些年来他不顾年老体病、长途旅行的艰辛，经常漂洋过海来上海，而每次来上海他一定会来虹口上海犹太难民纪念馆，因为这里有他的故事，有他难忘的回忆和童年。

1941年杰里的母亲历经千辛万苦和种种磨难，独自带着7岁的他、13个月的弟弟和9岁的姐姐穿越西伯利亚，从德国辗转逃难来到上海，与先期从纳粹集中营逃来上海的父亲会合。当时在上海的生活非常艰辛，但为了活命，小小年纪的杰里就与13岁的中国男孩合作做起了拉黄包车的生意。受尽了死亡威胁、无家可归、流落他乡、饥饿、贫困、疾病的煎熬……

一进入纪念馆，杰里马上被纪念馆九月份刚落成的“上海名单墙”的大型铜制雕塑所吸引，他激动地拉着我在雕塑前拍下了这张象征着老难民感恩上海人的握手照片。名单墙上记录着13,732个曾经在上海寻求庇护的犹太难民的名字。他凝视着名单墙，久久不肯离去，抚摸着一个个镌刻着苦难和历史、温暖和幸存的名字，

杰里快乐的一家

衰老的眼睛里渐渐泛出了泪花……他仔细地找到了自己和家人的名字，并用照相机拍下了这一刻，也许是这辈子最刻骨铭心的回忆……

稍事休息就偶遇了两位年轻的荷兰游客，他不顾疲劳亲自向他们讲述了自己的故事：母亲是如何勇敢带着他们一家人逃离纳粹魔爪、自己是如何与人合伙拉黄包车、中国邻居如何慷慨地分面饼给他吃、自己又是如何在多年后重新找到了他们家的旧居……

“那时候中国人在日本兵的占领下生活条件非常恶劣。而最为神奇的、让我难以忘记的是，虹口人民承受着比我们更多

杰里在国际学校给孩子们讲述当年的故事

杰里和作者一见如故

的苦难，却依然对我们的遭遇万分同情。怎么会有人过着比我们更艰辛的生活，却仍能对我们的遭遇感到难过，并与我们友善相处？这就是为什么我童年的心灵永远留驻在上海，我充满感激的心永远留在中国并将世代留存。友善地对待需要帮助的人是人类的一种胜利。”

因为身体状况不允许，杰里只得返回酒店吸氧。谁知休息了两天他又来到纪念馆，亲自带着我一个一个地方寻找他当年逃难来上海的足迹：黄浦江边、浦江饭店不远的地方是他们刚到上海的住地，高阳路331号是他们一家在1943年被日本占领关进“隔都”的难民收容所，东余杭路口是他当年就读的嘉道理学校，最后还花了很长时间企图寻找他家以前的老邻居……

每当走过一条小街小巷，他都会在街头停留一会儿，遥遥地望向街尾。看到一幢幢拔地而起的高楼，他在感叹的同时却指着舟山路说：“这条街我有印象，它变化再大我也认识。”他说，这里满满的都是他的回忆，只是由于体力不支，不能条条街都从头走到尾，因此只能看一看，把这些都记在脑海中。

分别时，这位犹太老人用一句话概括了他的一生，“我有德国的渊源，犹太的命运，以及一颗中国的心。”

（高智慧执笔）

寻根女大使
惊喜海门路

A Homesick Woman Ambassador Got Surprises on Haimen Road

一路上，康露思 (Kahanoff) 女士的脚步明显要比丈夫及女儿快很多，不久就将他们甩开一大截。一路前行，她的脚步越来越急促，心情也越来越激动，头不停地转向周围两侧所能见到的门牌号码，终于，在马路边上的一幢老式建筑旁边停下了脚步。这正是她父亲曾经的家——海门路630号。

Along the way, Ms. Kahanoff walked obviously much faster than her husband and daughter and had left her husband and daughter far behind. Walking on foot all the way, she paced more and more quickly and became more and more excited, her eyes turned around at the house numbers on both sides. Finally, she stopped her step by an old building on the roadside, which was just the former home of her father —— No.630, Haimen Road.

2015年3月21日，初春的阳光和煦明媚，上海犹太难民纪念馆迎来了不少中外游客。上午10点左右以色列驻日本大使Ruth Kahanoff（中文名：康露思）偕同丈夫和女儿以普通游客的身份购票进入纪念馆参观。他们显得非常友好并且很有礼貌，在进行自我介绍之后，我们的志愿者带领他们进行参观。他们认真听讲解，仔细地看阅图片、视频和实物展品，有时还提出一些问题。当他们看到新落成的上海犹太难民名单墙时，康露思女士显得十分兴奋，详细地听取了名单的来历和建立的过程。

当行至摩西会堂2楼记录上海犹太难民的数据库时，康露思女士有意停留，并告诉了我们，她的父亲在第二次世界大战期间曾作为犹太难民在上海居住生活了7年之久，父亲对上海的这段生活非

以色列驻日本大使康露思与她的丈夫以及女儿

常怀念，时至今日每每闲暇时与父亲攀谈，父亲总会回忆起当年在上海所经历过的点点滴滴。因此这次来上海，她们全家一起来纪念馆参观，很重要的原因是想拍一些照片给父亲看看，找寻一下当年在上海的流光掠影，以慰藉父亲对上海的思念感恩之情。

志愿者当即提议：在上海居住7年之久或许在数据库中会记录有您父亲的名字。康露思女士将信将疑，一搜索，一个完完全全符合的名字框跳出，康露思女士脸上的神情一下子明亮起来，却又有一丝难不成真这么巧的感觉在里面。当把表格往后一拉，更令人惊喜的事情出现了，上面竟然记载了当年她父亲居住的旧址——海门路630号。康露思女士的眼睛一下子闪出光芒，不由自主地说了一声"oh my god"，激动地拿起手中的相机对着数据库拍了一张又一张照片。她随即又问这个旧址现在是否还存在？在志愿者的陪同下，康露思一家开始了寻找父亲旧居的行程。

一路上，康露思女士的脚步明显要比丈夫及女儿快很多，不久就将丈夫以及女儿甩开一大截。经过一路步行，走了差不多近30分钟，终于找到了海门路，这一带几乎都在拆房动迁中，怀着忐忑不安的心情，走过400号、500号、600号，康露思女士的脚步越来越急促，心情也越来越激动，头不停地转向周围两侧所能见到的门牌号码，终于，在马路边上的一幢老式建筑旁边停下了脚步。这正是她父亲曾经的家——海门路630号。一直绷紧着神经的康露思女士终于露出了笑容。在经过了70多年的历史变迁之后，在经过这么漫长的期待中，她，作为难民的后代今天竟收获了这样一份难得的惊喜！她父亲儿时避难的家终于真真切切地展现在她的眼前。

康露思的父亲曾经住过的海门路630号

这里曾是她父亲在危难时得以生存的家；这里曾是他们延续生命的地方；这里记录了苦难、绝望和悲伤，也见证了善良、拯救、温暖和希望……我们非常理解康露思女士此时此地的心情，如果房子没有找到或者是已经拆迁，会使人遗憾和沮丧。但是非常幸运的是这幢建筑依然存在，康露思女士十分惊喜，丈夫和女儿也异常高兴，连忙拿起手机拍照留念。这时周围不少邻居也围笼过来攀谈起来，一位年长的老太太回忆起当年犹太人在这里的生活，说当年上海人非常同情犹太人，而且相处得很好。而她便是自犹太人离开之后一直居住到现在的老邻居。

康露思女士十分高兴地与老邻居们一同拍了照片，她说要把这些照片寄给现居于以色列北部城市海法的89岁高龄的父亲，相

康露思一家以及现居民在父亲曾经住过的地方合影

信她父亲看到这些照片一定会非常高兴。另外她曾听父亲说起过父亲至今还保留着当年很多的实物史料，康露思女士答应回去征求父亲意见，将这些史料捐献给上海犹太难民纪念馆。

(高智慧　蒋仲豪执笔)

邻居再忆抗战胜利日
犹见外国弄堂欢呼时

Neighbors Recalled the V-J Day and Cheering in Foreign Lanes

上海虹口区唐山路的三益邨曾是犹太难民的集聚地，被称为“外国弄堂”。在纪念世界反法西斯战争和中国人民抗日战争胜利70周年前夕，当年犹太难民的老邻居们重聚一堂，往日的情景一幕幕浮现在眼前，无一不闪烁着人性的光辉。

Sanyitun at Tangshan Road in Hongkou District of Shanghai used to be a community for Jewish refugees, once known as “foreign lane”. At the eve of the70th anniversary of the World Anti-fascist War and the victory of Anti-Japanese War of the Chinese people, the old neighbors of the then Jewish refugees reunited under the same roof. The past scenes and stories recalled by them seemed to be as true as they were just happening before your eyes, with the glory of humanity shining everywhere.

虹口，唐山路。夕阳下的三益邨如一位历经风雨的老人，一如既往地默默注视着眼前的人来车往。时代的沧桑巨变让这条建于1929年的新式石库门弄堂看上去有点颓败，但当年发生在这条被上海人称为“外国弄堂”里的故事却无一不闪烁着人性的光辉。纪念世界反法西斯战争和中国人民抗日战争胜利70周年前夕，当年犹太难民的老邻居们重聚一堂，往日的情景一幕幕浮现在眼前……

“我父亲去世前特地嘱咐，家里的这幅画是当年犹太朋友临走时赠送的，一定要保存好。”葛政荣三兄妹讲述着他们家一幅画有狮身人面像的珍贵油画的来历。二战结束后，居住在三益邨的犹太难民纷纷离开，住在隔壁的一对犹太夫妇为了感谢葛家父母曾

葛政荣（右）和葛政家兄弟二人在展示自家保存完好的当年犹太难民邻居赠送的画

李惠荣老人展示犹太邻居为她与小伙伴们拍的照片，左一的她当年仅四五岁

经给予的帮助，特地把挂在墙上的这幅画小心翼翼地取了下来，送给了葛家。临行时，他们一边拖着皮箱，一边还特地和葛家父母拥抱告别。时光流逝，这幅犹太难民当年赠送给中国邻居的珍贵画像，一直被葛家小心翼翼地珍藏着。虽经岁月磨砺，却依然画面清晰。画面上是一个人和一群骆驼在沙漠中行走，右下角落款处写有：EUGEN BEACH。木质雕花镜框两边都刻有狮身人面像和树叶装饰，镜框纹路清晰，明显带有异国风格。葛家的老父亲生前对这幅画特别爱惜，时不时地擦去灰尘。2012年房屋重新装修前，老父亲特地关照家人，这幅画一定要保留下去，房屋装修好后，要重新配上玻璃挂在他的房间里。“听父母说，当时弄堂里大都为德奥犹太人。”葛家小妹至今还依稀记得当年在弄堂里和犹太小女孩玩耍的情景。隔壁的犹太邻居小女孩有好几件外国玩具，特别是那个漂亮的“洋娃娃”。有一天玩着玩着，“洋娃娃”突然“衣服”破了，里面的木屑都漏出来，她和犹太小女孩赶紧把漏出来的木屑往里塞……

说起当年的情景，曲滋枚老人记忆犹新。“我们家的底楼前客堂住着一对大约三四十岁的犹太兄弟，当时都没有结婚，个子长得也不高。因我父亲懂英语，因而每次见面，他们都会用英语与我的父亲进行交流。那时，我只有七八岁，对外国人很好奇。虽然听不懂英语，但很想学，便跟着弄堂里的犹太人从简单的'hello, good morning'开始学，这是我们这些中国小孩子第一次接触英语。"曲滋枚说，后来见到弄堂里的外国人，就用刚学来的这几句英语与他们打招呼。那时居住在这里的外国人都很友好，相互之间见面都不忘打个招呼。1948年，楼下的那对犹太兄弟要搬走了，为感谢曲家的友好及帮助，他们把使用了多年的几件家具留给了曲滋枚一家。说起那几件家具，她印象最深的是一张单人铁床。"这个铁床后来我们一直使用了60多年，前些年由于坏了，也没地方可修，和白色写字台一起扔了，现在家里还有一个他们留下的床头柜"。

"1945年夏季的一天傍晚，只听到远处弄堂里传来了喧哗声。

犹太难民留下的老物件

出于好奇，我和父母从窗口探出头去看个究竟。只见许多犹太人在弄堂里手舞足蹈，尽情地唱啊、叫啊、跳啊。有的犹太人还从自家阳台和窗口，向外大声叫喊。我们中国人不知道外面发生了什么事，还以为这些外国人可能遇到了什么节日，这么高兴。第二天，我们才从大人那里得知日本侵略者投降了。”同样居住在唐山路三益邨的李惠荣，是现今最早搬入这条弄堂的居民之一。说起抗日战争胜利时弄堂里的那一幕，李惠荣说，这印象太深了，一辈子都不会忘记。“欢庆后的第二天，我们这些小孩走在弄堂里，都会被犹太人拉手，合影照相，庆祝胜利。”李惠荣说，他们一家是在1940年左右搬到三益邨的，当时，弄堂里的100多户居民中，九成以上是外国人。记得有户犹太难民在弄堂里开了家面包店，许多附近的犹太难民都来这里买面包，有时还会排起长队。中国小孩

讲述70多年前与犹太难民共同生活的故事

们常去面包店看热闹，围着这些排队的外国人捉迷藏。有时排队的外国人见我们可爱，也逗我们，和我们一起玩捉迷藏游戏。李惠荣说，当时弄堂里中外居民相处非常融洽，犹太老太太坐在家门口织毛衣，中国居民则会向她们学习怎么编织犹太花样的毛衣……李惠荣印象最深的是，有对犹太人自己没有小孩，对中国小孩特别喜欢，常带自己和弄堂里的中国小孩去他们家玩。他们家有个大椅子，现在想起来，这对犹太夫妇可能是开诊所的牙科医生。当年她还保存着自己和这对牙科医生夫妇的合影，直到1967年被抄家，这些老照片再也找不到了。

“当年我们的父辈为遭受法西斯屠杀的犹太难民提供了力所能及的帮助，这给我们留下了宝贵的精神财富。”70年后的今天，这些当年犹太难民的邻居们依然难抑激动的心情。

（龙钢执笔）

库尔特写信致上海市长
犹太难民碑立霍山公园

Initiator of the Commemorative Plaque in Hongkou

1994年4月，原上海犹太难民重聚上海。那是改革开放后绝大多数犹太难民首次重回上海，60多名犹太难民和社团领袖、研究者聚在霍山公园，为犹太难民纪念碑揭幕。那天大雨滂沱，犹太人却伫立雨中久久不愿离去，他们眼睛里饱含的分明是泪水。这一切，起因于一位原犹太难民的一封致上海市长的信。

In April 1994, the former Shanghai Jewish Refugees reunited in Shanghai. For most of the former Shanghai Jewish refugees, this was the first time they had come back to Shanghai after China's reform and opening up policy. More than 60 Jewish refugees, community leaders and researchers gathered in Huo Shan Park to unveil the monument in memory of the history of the Jewish refugees in Shanghai. It was raining heavily that day and the Jews stood in the rain for a long time, reluctant to leave and their eyes full of tears. All this arose from a letter to the Shanghai Mayor by a former Jewish refugee.

1994年4月，原上海犹太难民重聚上海，并与来自世界各地的专家学者一道参加了在霍山公园举行的“犹太难民纪念碑揭幕仪式”。那是改革开放后犹太难民首次重回上海，60多名犹太难民和社团领袖、研究者聚在霍山公园，为犹太难民纪念碑揭幕。上海犹太难民纪念馆馆长陈俭，当年在市外办工作，他记得，那天大雨滂沱，犹太人却伫立雨中久久不愿离去，他们眼睛里饱含的分明是泪水。

纪念碑的落成，缘起原犹太难民库尔特·杜德纳(Kurt Duldner)的一封致时任上海市长江泽民的信。

位于虹口霍山公园的犹太难民纪念碑

1994年4月，来自世界各地的专家学者、犹太名流和原上海犹太人参加上海虹口犹太难民纪念碑揭幕仪式

霍山公园大门

库尔特曾在位于沙逊大厦的华懋企业公司工作

库尔特于1922年1月9日在奥地利出生，1940年随家人避难上海，曾在周家嘴路1106号和昆明路60号居住。在沪避难期间，库尔特曾在位于沙逊大厦的华懋企业公司工作。沙逊大厦即如今的和平饭店，曾经是英籍塞法迪犹太家族——沙逊家族在远东的标志。沙逊大厦落成后轰动上海滩，出入于此的皆是全国乃至世界名流，如著名演员卓别林、美国马歇尔将军、印度著名诗人泰戈尔等。库尔特也为能在沙逊大厦工作而深感自豪。他至今仍然保留着当年的名片。名片一面是英文，一面是中文。由此，我们也知道了他的中文名字“杜讷”。

1950年，库尔特随家人离开了上海，并最终定居美国。虽然离开了，但是库尔特始终对上海怀有一份深情，也与中国从此结下了不解之缘。

1979年1月，时任中国国务院副总理的邓小平和夫人卓琳应美国总统卡特和夫人的邀请赴美进行正式访问。作为中国人民的朋友，库尔特应邀出席了有关接待活动。他一直保留着活动的邀请函。

1985年，库尔特给时任上海市长的江泽民先生写了一封信，希望代表幸存的两万上海犹太难民表达一个愿望：在虹口区海门路原警察局所在地设立纪念匾，向中国人民表示感谢。信中还附上了他拟的英语匾文和中文翻译：“第二次世界大战期间，此地区曾有二万来自纳粹德国的难民幸存下来。谨以本匾献给所有幸存者以及施加援手的热情好客的、宽宏大量的中国人民。”

库尔特的提议最终在1994年变成了现实。参加揭幕仪式的美国犹太社团领导人施奈尔拉比激动地说:“辛德勒的名单救了1000多人,而上海拯救了整个犹太社区数万人。”库尔特愉快地说:“这里终于有一块纪念碑了,我真高兴,虽然换了一个地方,但是霍山公园这个位置更为理想。”2011年重返上海时,库尔特还特意拿着自己当年的“文本”站在纪念碑前拍照留念。霍山公园的犹太难民纪念碑成了每一位来上海的犹太原难民或者他们的后裔必到的地方。

1998年,应艺术家陈逸飞的邀请,包括库尔特在内的8名原上海犹太难民,连同家属共17人来到上海,参与了纪录片《逃亡上海》的拍摄。当时,库尔特是带着妻子和女儿一道来上海寻根的。在虹口重访旧居时,库尔特发现如今房东的家中还保留着那套他们一家曾经用过的心形雕花桌椅。库尔特的女儿情不自禁地流下了眼泪,她激动地向房东提出要求,希望能将木椅带回去。房东说:“可以的,这本来就是你们的呀。”

离开老屋时,他们又遇到了当年的理发师、一位苏北籍“老朋友”,这位70多岁的老上海说着稔熟的英语、上海话,和库尔特一起回忆往事,此景此情令人感动。

结束在上海的拍摄,库尔特等17位上海犹太人再次和上海说再见。这次情感之旅使他们情不自禁地写下了一首诗,送给上海,送给中国人民。

再别上海

再见了,亲爱的中国朋友,再见!

又一次,依依不忍别上海!

当纳粹大肆屠杀,用毒气用大火迫害犹太人之时,
成千上万的犹太人逃亡到中国。

当世界用残酷仇恨对待犹太人之时,
只有中国,遥远的中国向我们敞开了大门。

而今,一代又一代,
犹太人感激着,感激着中国。

中国人民也曾遭遇苦难,
被侵略被蔑视,
他们蒙受屈辱,
却善待每一个犹太人。

所以,再一次,亲爱的朋友们,再见,
我们永远不会忘记救助我们的城市——上海!

(廖光军执笔)

Los Angeles Times Magazine
JERRY MOSES
REMARKABL
JOURNEY
How China saved the life of a youn
Jew from Nazi Germany. Almost
years later, he returns to Shanghai
give thanks. By Adam Minter